本论著是湖南省普通本科高校教学改革研究项目
“国家意识视域下外国文学教学与课程思政融合研究”
（项目编号：202401001086）的研究成果

法国文学中的中国小像

宋洁◎著

中国纺织出版社有限公司

内 容 提 要

本书从中法文化民间交流的障碍点出发，立足中法文学交流的翔实史料与基本史实，以平等对话为原则，探究法国文学对中国文学的认识问题。为此共设五章，分别就中国文学进入法国文学视野的历程，以及法国戏剧、小说、诗歌和哲学研究中的中国小像进行了较为全面的描绘。一方面梳理了16世纪以来中国文学在法国的流布，另一方面对中法文学互补共生作纲举目张的双向考察。此外，在厘清上层建筑与文学之间辩证关系的基础上，每章选取互为对照的两例来扼要介绍法国文学巨厦对中国文学的吸纳倾向与情状，以求最终达成“描绘中国小像”之目的。

图书在版编目（CIP）数据

法国文学中的中国小像 / 宋洁著. -- 北京：中国纺织出版社有限公司，2024. 8. -- ISBN 978-7-5229-2020-7

Ⅰ. I206；I565. 064

中国国家版本馆CIP数据核字第2024QH7834号

责任编辑：柳华君　　责任校对：寇晨晨　　责任印制：储志伟

中国纺织出版社有限公司出版发行
地址：北京市朝阳区百子湾东里A407号楼　邮政编码：100124
销售电话：010—67004422　传真：010—87155801
http://www.c-textilep.com
中国纺织出版社天猫旗舰店
官方微博 http://weibo.com/2119887771
天津千鹤文化传播有限公司印刷　各地新华书店经销
2024年8月第1版第1次印刷
开本：710×1000　1/16　印张：10.5
字数：150千字　定价：98.00元

前 言

遥远的星球忽至眼前

约二十年前，我在长沙读大学，后来陆续求学，直至两三年前完成了博士学位。作为一名彻头彻尾的文学生，我很早就接触了法国文学，并且将其认定为自己的终身钻研目标。无论是我在求学，还是后来在大学任教职期间，我们法语专业开设的课程都围绕着法国展开。法国的历史、法国的文艺、法国的国情，甚至这个瑰丽国度的政治与经济制度都在我们讲述的范围之内。我们的教师、我们成为教师之后，都在不遗余力地向学习法语的学生展示法国的魅力，并将讲述范围扩展至包括非洲、越南、加拿大等国在内的整个法语世界。于是我以及我的学生在学习过程中渐渐对法国熟稔于心，仿佛也是星期天福楼拜家的座上宾，或用淡漠或用调侃的语气说上一两句莫里哀的俏皮话，在讲述拿破仑的兴衰史时也仿佛在追述属于自身的动人往事。

大概是七八年前，我在法国南特的图书馆翻阅藏书，不知怎的看到了寥寥几本中国书籍的法译本，如果没记错的话是冯骥才、苏童、莫言的小说。我努力去翻，后来又去了若干小城的图书馆，人是很失望的，也惊觉一个问题：怎么法国人对中国文学这样不感兴趣？他们聊起李白原来竟不似我们聊起雨果吗？我们的文学生几乎人人为茶花女洒下过热泪，怎么法国文学生对霍小玉一无所知呢？有了这种心态以后，读者大概能理解我为何开始热切而徒劳地盼望我的法国朋友能和我谈一谈中国文化。他们之中有研究美国文学的，有研究英国文学，甚至有研究毛利人的历史的，但是大多数人谈到中国时都是:“哈!秦始皇,你知道的,有一天我会去西安……”一种期待落空后的失望心情促使我将研究方向从纯粹的法国文学转向到探索法国文学与中国文学之间的关系,我尤其希望从这种关系中挖掘出法国文学对中国文学的认识。于是最终有了这本小书,而这本小书可以将我的研究概括为从法国文学的视角看待中国文学在历史进程中是如何被发现、评价、认识甚至是认同的。

聊以慰藉的是,法国人对中国文学的认知虽浅,但不至于无。虽然对大多数法国人来说,中国以及中国文学尚属“遥远的星球”。这一概念非为杜撰,17 世纪末,莱布尼茨就计划通过莫斯科向中国派遣一个科学家代表团,以了解“另一个星球”(une autre planète)。雨果将往赴中国称为“无异登月”(l'alunissage),类似的比喻在保罗·克洛岱尔的著作中也常可见。在法国文学创作中,提到中国,常形容其为“中央帝国”(l'Empire du Milieu)或“遥远星球”(Planète lointaine),如马尔罗的《西方的诱惑》(*La tentation de l'Occident*);在超现实主义作家布勒东的作品《升象》(*Signe ascendant*)中,中国茶被称为“月之茶”(thé de lune),岂非有将中国比作遥远月球之意?如此看来,在很长的一段时间里,法国和中国的人民生活在两个彼此隔绝、绝少往来的“星球”上,距离之远,踮起脚来也只能看到另一个星球上遥远的微光。然而,当欧洲中心论逐渐破灭,当各国人民之间的往来如同涓涓之流,不断搅动着四海,国与国之间渐渐息息相关,遥远的星球已变得不再冷冽。甚至到了今天,法国人发现,遥远的中国忽至眼前了!如何认识中国这颗“星球”,也就是如何审视和评估中国在当今世界上的地位,这一辩题在 21 世纪的法国尤其活跃。从文学角度来说,安德烈·冈德·弗兰克对欧洲的文学主导论持怀疑态度,他认为这不过是漫长历史中的短暂插曲,中国文学的地位应该被重新评价[1]。艾田蒲则更为言辞犀利地将其称为“欧洲中心主义之骗局”[2]。这样的臧否在今天看来已无意义，但必须承认正是这样的观点让法国人开始观察中国，这种观察最初受好奇心驱使，逐渐转变为杂糅着自我观照的指涉，又从追寻“异域情调”到探究“他者”。

在对这一观察过程做历时性梳理与归类之前，不能忽视中法文学与文化交流存在的巨大时差。当18世纪的法国再次掀起中国热时，清政府正进行一场浩大的礼仪之争，并最终将欧洲的耶稣会士驱逐出境。当20世纪中国的西学东渐方兴未艾时，法国学界却对中国文化兴趣缺缺。改革开放后，中国的诸多古典著作刚从英文移译成法文，传统文化却又在中国本土遇冷，中国学界转而追求与西方在语言与文化上的进一步接轨。新时代以来，当中国雄心壮志地向世界张开双臂，期待讲述中国故事，向国际社会发出中国声音时，对西方尤其是法国而言，中国的声音显得并不那么和谐，甚至给他们带来了思想上的冲击与认识上的动荡。于是，双方文化交流的裂隙进一步扩大了。摆在新时代的文艺工作者和文学理论家面前的任务与挑战就成了弥合裂隙，缩小差异。第一步的工作，就是对过去的历史进行梳理。

总体而言，中国的文化传统通过文字这一媒介为法国所接受，一共经历了三个阶段。分别是介绍性阶段、文学性阶段和己用性阶段。

中国为法国所知，并对法国文学产生最初的隐秘影响，主要归功于传教士，尤其是耶稣会传教士的记述与传播。他们不但在中国掀起了论战之风，更最早将中国的哲学、宗教与政治思想带回了欧洲。但这种交流最初并不友

---

[1] FRANK A G. ReORIENT : Global Economy in the Asian Age [M]. Berkeley : University of California Press, 1998.

[2] 艾田蒲 . 中国之欧洲 [M]. 许钧，钱林森，译 . 桂林：广西师范大学出版社 , 2008.

好，早在16世纪，葡萄牙人就仗着海上战舰的优势闯入了封闭的中国，跟随而来的各国传教士尽力描绘着他们眼中的中国面貌，诸如西班牙传教士门多萨的《大中华帝国史》(*Historia del Gran Reino de la China*)、葡萄牙传教士鲁德照的《中华帝国史》(*Imperio de la China*) 等著作，为法国人打开了新的视界。人文主义者斯卡里热在阅读了门多萨的著作后，认为中国人“生活在异常宁静、公正的环境中而又如此守秩序”[1]，这令人惊叹并应使深陷宗教战争的法国人感到羞愧。热爱收藏中国工艺品的法国国王路易十四从1663年开始，就建立了一个专门的神修院，力图追赶葡萄牙人的步伐，训练一批具有学养的教士，为未来跟中国直接对话做准备。直到1685年，这一宏图终于实现：六位（一说五位）拥有“国王数学家”称号的耶稣会士远渡重洋来到中国，从此揭开了法国中国学的序幕。虽然法国不是中国研究的先行者，然而随着18世纪法国三大汉学著作《耶稣会士书简集》(*Lettres édifiantes et curieuses, écrites des missions étrangères. Mémoires de la Chine*)、《中华帝国全志》(*Description géographique, historique, chronologique, politique et physique de l'empire de la Chine*) 和《中国杂纂》(*Mémoires concernant l'histoire, les sciences, les arts, les moeurs, les usages, etc. des Chinois, par les missionnaires de Pekin*) 的出版，法国成了欧洲中国热与中国学的中心。这些著作与《马可·波罗游记》创造的“欧洲人心目中的东方”不同，它们力求真实地向法语世界塑造中国的具体形象，我们称为“介绍性”著作。也就是说，这些著作相当重视与中国有关的各方面信息：中国的历史、国情、地理、政治、经济及当时的风土人情。这些著作裹挟着异域的标记，成为启蒙运动思想家们

[1] 钱林森.中国文学在法国：18世纪至20世纪80年代［M］.北京：学苑出版社，2019：3.

构筑理性王国的砖石、美学家们追寻新风气的东方时尚，甚至文学家们也开始从中寻找新的题材，挖掘其中的文学性。

于是，不但有关中国的信息得到重视，这些开蒙之作中提到的中国文学也变得难以忽视。中国文学作品的语言特色、行文风格、饶有哲思与精巧情节的故事得以被关注。从《四书》《五经》这样的典籍开始，儒家学说的中心思想得以译述，随即法国人接触到了“三生万物”与“庄周梦蝶”的道家思想，这些代表了中国古代哲学思想的著作被译介至法国，最初目的乃是便于耶稣会士探求中国深层思辨文化。然而中国思想从来不是干巴巴的说教与长篇累牍的道理，一个个微言大义的故事成为法国人对中国文学最早的认识。从百里负米、子贡赎人、曾子杀猪到诸如《今古奇观》《赵氏孤儿》《西厢记》《窦娥冤》《琵琶记》在内的大量中国故事开始在法国传播，这些广泛流传的文本塑造了启蒙时代法国人对中国的全新认识，也深层参与了后世中国形象以文学的形式在法国的推广。虽然语言的转译在某种程度上无法再现原文的特色，但今天看来，这些最初的译本尽量地贴合了中国古籍的风格。尽管这些译本很难完整传达原文的信息，但这种异域风情已足够使法国人对中国文学产生更深层的兴趣，并开始运用自己手中的笔墨改造舶来的文学。

在文学性阶段之后，法国人最先从中国的古诗入手进入已用性阶段，这或许与葛兰言的研究有直接关系。毕欧研究中国诗歌中的“风俗”，德里文普及唐诗的意义与价值，在两者研究的基础上，葛兰言以中国古代民间诗歌为材料来研究中国古代的社会与人文风俗。受学者们影响，法国诗人往往以法国文化模式来再创造中国古诗，以抒发自身诗情。这种改造往往是面目全非的，于是我们称其为己用。试举李清照《声声慢》法译为例：

绝望

呼唤！呼唤！

乞求！乞求！

等待！等待！

梦！梦！梦！

哭！哭！哭！

痛苦！痛苦！我的心充满了痛苦！

仍然！仍然！

永远！永远！永远！

心！心！

存在！存在！

死！死！死！死！

克洛岱尔的译文仅从李清照原文中提取了黍离之悲的情怀，虽说文学自从《诗》起便无达诂，但显然法国人的这一译本充满了对中国诗歌的误解，可以说是再创造无疑了。除诗歌外，法国人对中国戏剧、小说甚至是哲学的文学化改编也纷至沓来。数量之多，难以枚举。这些在中国文学作品基础上再创造的作品，呈现出法国文学前所未见的样式，为法国文学的繁荣提供了新的养料。中国得以从文学角度被法国进一步承认，但法国对中国的全貌仍然知之甚少。

很长的一段时间里，中国这颗“遥远的星球”借这些有缺陷的译介朦胧地展现在法国人的面前，并完成了自身形象的演变。这种形象演变，又可被称为对“中国小像”的勾勒，以其汇聚了中法双重视角的审美观而得以在本书呈现。我们并不严格按照时间顺序来进行阐述，而是在粗梳历史的基础上，将法国眼中的“中国小像”分为戏剧、小说、诗歌、哲学四个板块加以研究。

本书的第一章将把讨论的重点放在“中国如何被‘发现’”的问题上。大致把法国对中国的整体认识过程分为三个时期，并通过这种划分来对中法文学之间的反差、恒常与衍变进行勾勒。第一时期约从16世纪始，到17世纪终。在还原门多萨、利玛窦、金尼阁、龙华民、白晋、李明等耶稣会士向法国描绘中国形象这一过程的同时，向读者介绍他们的成果。事实上，通过这群耶稣会士充满了中国意蕴的名字，我们就可知他们与中国文化羁绊之深了。他们本人和他们流传于世的作品，共同参与了中国在法国人眼中的形象塑造。要将中国形象具体而论的前提，就是正视这一原初的形象。当然，对中国形象的研究在当时法国的对外研究中并不占据主导地位，只是法国了解世界的一张张锦上添花的“插画”。中国人对数学和天文的兴趣、对音乐的偏爱和对欧洲工艺的好奇，凡此种种均在传教士们的描述中以各种类似插画的意象出现，并在未来的时光里延伸且补充为某些文学意象。

第二时期约跨18和19两个世纪。在18世纪的礼仪之争后，这一阶段的汉学研究在法国终于得到了培育和发展，并成为众多学院中常设的人文学科。当最后一批可被称为“汉学家”的耶稣会士随着钱德明的逝世而最终退出历史舞台时，中国终于成为学者眼中的“花之国”。一为研究对象如花般丰饶，二为研究成果如花般绚烂。虽然因中国长期闭关锁国，法国人缺少和中国这一研究对象的直接接触，但理性的世纪培养出法国人在研究方法上的严谨与保守，从而弥补了缺乏观察的不足。本书主要围绕黄嘉略、弗雷烈、傅尔蒙、小德经、沙西、雷慕沙、儒莲、德里文、沙畹、巴赞等人在这一阶段的研究史料与史识，概述法国学界于18—19世纪取得的主要汉学成就。这些法国学者，大多数仅能从书本上认识中国，而他们著作中的精度与考证水平远高于耶稣会士，他们留下的著作成为这一时期法国对中国认识最丰富与最可靠的历史资料。

第三时期是从20世纪至今，这一时期法国汉学绵延不衰，并有愈演愈烈的趋势。其表现之一是20世纪法国汉学研究和教育机构日趋完备。学者们不再从译本中认识中国，他们开始普遍地认识到不通晓汉语是不可能完成对中国思想奥义之考察的。于是，法国学者们开始普遍重视汉学教育设施的建设与汉语课程的开设。在这一点上，巴黎大学、巴黎高级研究学校、里昂大学、波尔多大学、汉学高级研究所、巴黎亚洲学会及远东学院等机构走在了前列。其表现之二在于20世纪出现了一大批有学养的汉学大家。如，沙畹虽在20世纪初仓促谢世，但他的著作《司马迁史记》（*Les Memoires historiques de Se-ma-Ts'lne*）、《西突厥史料》（*Documents Sur les Tou-kiue occidentaux*）、《中国地图学中两幅最古老的地图》（*Les Deux Plus Anciens Specimens de la Cartographie Chinoise*）、《华北考古记》（*Mission archeologique daus la Chine*）等在20世纪得以广泛传播。门下弟子伯希和与马伯乐继他之后，成为一代法国中国学与敦煌学大师。至于沙畹本人更是被弟子伯希和推许为“第一位全才的汉学家”（le premier sinologue complet）。其表现之三在于20世纪出现了对中国文学的深入研究。除将部分中国文学作品进行系统翻译之外，中国的纯文学也开始得到深入的文化探究。如葛兰言选译了68首《诗经》作品，并从中挖掘诗与社会文明演进之间的关系，可堪为从文学角度探究文明的成功尝试。随着20世纪前半叶三位有影响力的法国汉学家葛兰言、马伯乐、伯希和的相继离世，戴密微在“二战”后作为“法国的光芒”[1]开始主导法国汉学

---

[1] YVES HERVOUET Y. Anthologie de la sinologie de Paul Demiéville[M]. Paris : Hachette，1982：préface 1.

的研究工作，并使法国在中国的思想文化研究领域始终领先于欧洲其他国家。

从本书第二章开始，各章节以“勾勒中国小像”为视角专门研究某些作家或他们的代表作。第二章主要考察法国戏剧，并从中选取两个典型例子来说明法国戏剧是如何化用中国文学的。第一例是脍炙人口的《中国孤儿》，伏尔泰的这部戏剧作品化用自中国故事《赵氏孤儿》，该作品恰到好处地剔除了法国人不了解的中国古代史部分，杂糅入法国人对中国国情与民族性格的大量想象元素，根据更新后的作品意旨，中国故事最终改头换面，成为一篇“中国题材、法国情怀”的戏剧作品。第二例的《西厢记》经过数次改译，不同的历史语境对译文也出现了不同的要求。从儒莲“介绍”中国戏剧文学，到德莫朗“艺术化”戏剧作品，再到沈宝基“推广”中国文化，三者均以符合时代特色与要求的方式完成了自己的历史使命。对于这部堪称中国版《罗密欧与朱丽叶》的作品，新时代汉学家蓝碁的法译本《西厢记》吸取旧作经验教训，实现了语言功能与表达形式上的对等翻译。同时，也应当承认前人的译作带给了蓝碁不同的阅读体验，这种符合对中国审美期待的体验感与西方讴歌爱情的“罗密欧与朱丽叶”式的心理基础相结合，最终形成了我们看到的法译版本。两例证明了文学的融合正是汉学研究进步留在文学作品中的鲜明印记。

第三章主要考察法文小说中的中国小像。由于汉学界对中国文学的关照呈现多样化的视角，所以本章在择选研究对象时，首先考虑的是考察通晓法语的国人是如何尽量贴合法国人视角，将中国文学进行转译，并使其符合法国人的审美期待的。第一例选取的是陈季同改译的《聊斋志异》。与陈季同的法文处女作《中国人自画像》（*Les Chinois Peints par Eux-Mêmes*）中迫切寻求西方世界认同的情怀相似,《聊斋志异》改编后的《中国故事》（*Les Contes Chinois*）从实际意义上完成了审美期待视域上的法国化改造。其特点主要表现为“去性化”。第二例选取的是凡尔纳的《一个中国人在中国的遭遇》(*Les Tribulations d’un Chinois en Chine*)。这部小说试图从中华民族的心理角度出发，见微知著地透视整个中华文化，其中充满大量凡尔纳式的想象，与他其他的科幻作品类似，这部作品中出现的人物都不是现实中的人物，凡尔纳给他们创造了一套假设的生活方式。与陈季同的《中国故事》相似的是，凡尔纳的作品同样将受众对象瞄准为法国人。他们创造的小说，以及在小说中被创造出来的中国人，都是法国式的，且充满了异域他者情调。

第四章主要考察法国诗歌中的中国小像。我们将戏剧与小说置于前章，是因为中国典型文化元素通过这两者在法国得以广泛流传；然而，中国文学最为法国汉学界瞩目且取得了相当学术性成就的，当属中国诗歌研究领域。走完“发现中国诗歌的十年”后，帕纳斯学派将创作的权杖交到了克洛岱尔手中。本章选取的第一例为葛兰言与其著作《古代中国的歌谣和节日》(*Fêtes et chansons anciennes de la Chine*)，无论是帕纳斯学派，抑或是克洛岱尔，都不得不承认他们最初的创作深受葛兰言研究影响。而葛兰言研究之成功也在于向后世学者昭显了亲赴研究地考察的重要性。葛兰言将《诗经》与古儒的传统诠释剥离开，注重从社会民俗学视角考察中国秦前诗歌，讲究考据而甚少改写。第二例为程抱一之《中国诗语言研究》，作为葛兰言例的对照研究对象，华裔学者程抱一从结构主义视角出发，主要考察了中国唐代的诗作，并甚少迎合法国人的审美趣味，试图以中国人的审美思想为中心，以结构后解构的方式透彻剖析了律诗、绝句等中国诗特有的结构形式与行文规则。可以说，葛兰言和程抱一的研究都是前无古人的，其成功之处更在于将中国古代诗歌从“翻译”之境推向了“破译”之境。

第五章主要探究法国哲学研究中的中国小像。换句话说，本章的工作重点在于挖掘中国古典哲学思想对法国哲学，尤其是20世纪后的法国哲学思想的影响。本章选取的第一例为格诺的小说《青花》（*Les Fleurs bleues*）及诗集《本道》（*Morale élémentaire*）。这两本书中均蕴含了格诺对中国老庄哲学思想的基本认识。《青花》的情节脉络建立在两个主人公的两条交叉的叙述结构上，两人只要睡着，就会梦见自己成为对方。这种梦与醒的境界，正与"庄周梦蝶"的"不确定性"之精神不言而合。诗集《本道》延续了这一思想，它用一种"双联词结构"（名词+形容词）的特殊方式消解了《易经》的晦涩，在言语表达中拆解历史、耻笑逻辑，并在精神探寻中最终完成了对西方逻各斯主义的质疑与倾覆。第二例为马尔罗的书信体小说《西方的诱惑》（*La Tentation de l'Occident*）。小说以现代中国为背景，"转录"了若干中国青年写给法国青年的信件。在中法青年的信件对话中，一则质疑了"欧洲中心论"的西方思维模式，二则否定了中国古代传统思想与文化典仪。格诺与马尔罗的共通之处在于均以设置对照组的方式展现了"一战"后中法两国经历着的类似的文化与道德双重危机。

《法国文学中的中国小像》这本册子是我对中法文学关系探索的第二部试作。我曾经将研究重心放在李健吾先生的文学作品与法国文学之间的关系上，以此为主题完成了我的博士论文，并出版了一本《李健吾与法国文学》。但随着研究的深入，我发现我的研究范围虽然仍聚焦于中法文学，但更多地向"关系史"与"发展史"转向了。我更加对"认知问题"感兴趣，也就是说，我更好奇的是法国人究竟如何看待中国文学的问题。以此，本作从中法文化民间交流的障碍点出发，立足于中法文学交流的翔实史料与基本史实，以平等对话为原则，共设五个章节，一来梳理16世纪以来中国文学在法国的流布；二来对中法文学互补共生作纲举目张的双向考察；三来在厘清上层建筑与文学之间辩证关系的基础上，每章选取互为对照的两例来扼要介绍法国文学巨厦中对中国文学的吸纳倾向与情状，以求最终达成“描绘小像”之目的。

虽然法国民间目前对中国文学了解不多，但仔细忖度汉学目前在世界范围内的发展，美国和法国是不容忽视的两股中坚力量。在美国汉学抛弃了对中国传统思想的研究，并将视角转向中国现代社会、政治、经济与军事之时，法国学界仍然坚守着传统汉学的学术精神，一方面继续将中国传统文学与法国文学深度结合，另一方面努力使研究结果为大众所认识并接受。在赞叹法国学界这种坚守精神的同时，我们中国学者也应该认识到对中国的研究不应只将兴趣投射在那些负载了古典文化资源与古代中国社会文化的传统文献上，而要将正在演进的、不断发展的现代信息纳入研究范围，并使研究成果能为普通大众所接受。正如三百多年前那样，法国汉学的兴起，是“信息演进”的结果：法国经过文艺复兴与技术爆炸后，寻求海外殖民与海外市场之可能，由此兴起了对中国的研究。换言之，对中国研究的发端与热潮，是与当时法国国家发展的国情与政治需求挂钩的。三百多年后的今天，我们怎么能让研究的脚步踟蹰不前呢？中国的发展，中国的故事，中国的声音需要传播与扩张，仅靠法国学者的研究是不够的。与试图继续在法国文学中描绘“中国小像”，拉近中国这颗“遥远星球”与法国之间距离的法国文学家、学者或研究员相比，中国的学者们更应该成为中国与法国之间智慧桥梁的缔造者。怀着这样的使命感与期望，本书盼望能成为这宏伟桥梁建造中的一块砖石，若本书在钩沉历史的同时，能为现代汉学的发展作出微末贡献，那便是对本书成果最大的奖励与鼓励了。

目 录

第一章

中国如何被“发现”

“西学东渐”无疑是20世纪的时髦词汇，但少有人提到的是，在20世纪之前，中国的重农轻商、科举制度、治史风格、经世之术与道德伦理都对西方，特别是法国产生过尤为重要的影响。中国的礼仪之争在欧洲的哲学思想、逻各斯主义与宗教神学领域中更是留下了不可磨灭的痕迹。与耶稣会士不同的是，启蒙时代的哲学家，如伏尔泰、孟德斯鸠、蒙田等人虽然在著作中反复咏叹中国，可他们终其一生也从未踏足过这片神秘的东方大陆。这些思维缜密的思想家们或是通过阅读来研究耶稣会士们送回的中国资料与文献以构筑自身的理论体系，或是用西方经世哲学对中国文化进行阐释。使用二手资料的弊端在于难免带有主观臆断，但无论如何，中法文化首次大规模的冲撞正是自此而始：16—17世纪双方交流的前奏曲还在余音绕梁，“中国”这一名词在18—19世纪便作为时髦的象征风靡一时。时至今日，中国这一“琵琶美人”，终于揭开了朦胧的面纱，从“被发现”走向了主动寻求“发现”与了解。

一　16—17世纪：“插画”中的瑰丽想象

插画作为法国文学的特殊形式，在文坛一直占有重要地位。关于中国的文字尚未普及时，根据《马可·波罗游记》中的描述，法国人借插画表现着他们想象中的中国，并以此激起读者猎奇与历险的兴趣。整个17世纪期间，关于中国的游记层出不穷，比如鲁德照（Alvaro de Semeclo）成书于1645年的游记、卫匡国（Martino Martini）编纂于1654年的《中国新图志》（*Novus Atlas Sinensis*）、尼厄赫夫（Dauid Mattys Van Nievwhuizen）出版于1665年的《东方使团》（*L'ambassade d'Orient*）、亚历山大·德·罗德（Alexandre de Rhodes）于1666年出版的《在中国的数次旅行》（*Des voyages en Chine à plusieurs fois*）、南怀仁（Ferdinand Verbiest）写于1684年的信简《扈从康熙皇帝巡幸西鞑靼记》（*A Record of Event by the Retinue of Emperor Kangxi on His Tour of West Tartary*）等。其中的插画大同小异，基本意象包括人头攒动的城市街道、带有东方建筑元素的浮屠宝塔、手持团扇的中国年轻女子、烟雾缭绕中痛饮美酒的中国士人以及戎马盛装的中国皇帝等。这些意象开启了法国普通民众认识中国的大门。然而，虽然对中国的学术研究盛行于法国，法国也不负众望地成了中国学的欧洲研究中心，但先于法国研究中国的还有意大利、葡萄牙和西班牙。在此不得不提到西班牙人的杰出贡献：苦于对中国历史、文化诸方面的茫然无知，欧洲人急需有一本关于中国社会面貌的资料汇编，西班牙籍传教士门多萨（Juan Gonsales de Mendoza）奉教皇之命，收集资料于1585年出版了《大中华帝国史》（*Historia del Gran Reino de la China*）。书籍甫一出版就引起轰动，立即被译为欧洲各种语言，其法语版本于三年之后在巴黎得以出版。

这本对中国充满了瑰丽想象的巨著，不但文字优美，内里插画也极具煽动性。中国在其中被描述为一朵绚丽的玫瑰，以致法国汉学界后来对中国有了"花之国"的代称。在书中，这是一片没有疾病、消灭了贫困、人人守礼的谨慎之地。这里的君主堪称睿智，官员堪称聪慧，人民温良而顺从。于是，《大中华帝国史》中的每一页内容都成了文人学者们津津乐道的对象。蒙田在读过此书之后，忍不住称赞中国的成就远超当时的法国。长期旅居法国的学者斯卡里热也对中国赞叹有加，认为和法国相比，在中国人生活的国度里"歌舞升平，法律如此有制，以至于使一个基督教国家羞愧得无地自容"[1]。但对中国描述的天平并非一味地朝褒义与赞叹倾斜。我们也可以参考法国传教士李明（Louis le Comte）在1696年首版的《中国现状新志》（*Nouveaux Memoires sur l'etat present de la Chine*）中对中国的描述，他既对中国赞叹不已，认为孔子及其思想堪称哲学之王，又认为儒家思想的兼容性与传播力度堪称魔鬼。李明对中国的这种介于"上帝与魔鬼"（大善与大恶）之间的态度，反映出了法国人对中国的摇摆心态。

门多萨的巨著使欧洲人对中国有了初步了解，并产生了各式各样的情绪倾向，但是中国究竟是如何被"发现"的呢？前文提到的《马可·波罗游记》描述的是13世纪的"契丹"（Cathay），一片被蒙古人统治的黄金大陆。现在看来马可·波罗的记述与书中的插画严重扭曲了中国的形象，使"契丹"以一种面目全非的面貌出现在欧洲人的面前。直到马可·波罗之书问世三百载，耶稣会士利玛窦（Matteo Ricci）在中国生活近30年后，才终于辨认出明朝时期的中国就是马可·波罗笔下令人难忘的"契丹"。

与马可·波罗相比，利玛窦的优势在于他真实地在中国生活过，并且精通汉语。我们都知道马可·波罗对汉语不识一字，且近年考证结果均指向其本人也并未踏足过中国，其成书不过是道听途说的想象罢了。于是，利玛窦的经历与研究成果对于考察早期中国的被发现史就显得尤为重要了，令人遗

[1] DEMIÉVILLE P, Aperçu de l'histoire desétudes chinoises en France［J］.Acta Asiatica: bulletin of the Institute of Eastern Culture, 1966（1）:95.

憾的是利玛窦在1594年编译的拉丁文版《四书》已佚失。万幸的是，1610年，即明万历三十八年，也是利玛窦逝世的那一年，法国（比利时）传教士金尼阁（Nicolas Trigault）来到中国，并将利玛窦的另一本著作《耶稣会和基督教传入中国史》（*Della entrata della Compagnia di Giesùe Christianitànella Cina*）带回欧洲以拉丁文刊行问世。很快，这本回忆录被译为了法语（1616）、德语（1617）、西班牙语（1621）、意大利语（1622）和英语（1625）。1613—1618年，金尼阁两次环游欧洲，并进行了教皇授意下的中国儒学宣传。在此期间，他常常身着儒服，向欧洲人介绍中国文化，加深了欧洲人对中国的印象。1618年4月，金尼阁率领20余名新招募的传教士搭船离开里斯本，再次踏上来华旅途，并于次年7月顺利抵达澳门。这次来华，金尼阁还带来了大量外文书籍，一来是他个人热爱书籍，奉利玛窦“学术传教”之遗志，二来他奉在华传教会之命，预备在北京等地建立教会图书馆。

这七千多册书籍均为精装本，囊括了欧洲各国古典时期的经典著作和文艺复兴运动后在神学、哲学、科学、文学艺术等方面的最新成就，价值不菲，金尼阁为之付出了半数家资。书籍一到中国，金尼阁便联系了艾儒略（Giulio Aleni）、徐光启、杨廷筠、李之藻、王徵、李天经等中外人士，准备共同翻译并出版这些书籍。向达先生称这一举动：“比之玄奘求经西竺，盖不多让。”[1]如果这一次的“西学东渐”得以完成，中国的历史或许可被改写。然而，随着明军兵败萨尔浒、万历皇帝驾崩、魏忠贤弄权和各地频发农民起义，当时的中国似乎很难放下一张安静的书桌。1628年，金尼阁在杭州病逝，将“西书七千部”介绍给中国知识界的计划流产。后来，李之藻和王徵等人

[1] 向达.明清之际中国美术所受西洋之影响［J］.新美术，1987（4）：12-21，93-96.

破除万难，零星翻译了其中一些著作，大部分书籍从此被称为“金氏遗书”，蒙上尘埃，默默湮灭在历史中。

金尼阁深受龙华民（Niccolo Longobardi）信任，他曾为龙华民特遣，返罗马晋见教皇。龙华民在利玛窦谢世之后被任命为在华耶稣会传教区的总长。他并不赞成前任将中国儒家经典进行西方化阐释，以便迎合基督教教义的种种做法。龙华民的代表作，成书于 17 世纪的《论中国人宗教的几个问题》（*Traité sur quelques points de la réligion des Chinois, par la R. Père Longobardi, ancient Supérieur des Mission de la Comparnie de Jésus à la Chine*），其核心论点在于“译名问题”（Term Question），即通过对中西语言历史、词汇、文化概念的大论战，来确定一个欧洲和中国双方都能接受的最高神明（Deus）的名字，是一项“圣号论”（Naming God）的问题。这一问题后来引发了 18 世纪的中欧礼仪之争，相关内容留待我们下一章节再继续讨论。无论如何，龙华民否认了利玛窦对儒学中提出的一神论的解释。两者的分歧其实在于：即到底应该是根据古“经”还是按照“注疏”来定义儒家的性质。

利玛窦坚持认为，古代流传下来的，南宋之前的古“经”，其中包含着普遍的、无法替代的真理，并能够与现世的基督教相容并存；而南宋陈朱理学之后的“注疏”，受到了佛学禅宗的影响，已经偏离了古“经”中的奥义。只有顺从古儒经典，把古“经”中的“上帝”视为耶和华（Deus）来对待，基督教在中国才能彻底本土化，并得以传播。与之相反，龙华民认为古“经”中的“上帝”不可能是耶和华（Deus），“天神”也不是西方的“天使”（Auges），“灵魂”更不是西方的灵魂（Ame）。所以不应以古“经”来诠释儒学与基督教之间的关系，而应用南宋后的“注疏”来进行引导。抛弃过时的古“经”，以南宋后的程朱理学来理解汉语中的“上帝”才是正确的选择。

“注疏”中的上帝观并非基督旨义，不能为中华地区的基督徒所接受。

不难发现，“孔儒学说是否属于宗教思想”“中国文化是无神论还是一神论”“中国是否存在能够逻辑自洽的哲学思想”等一连串问题都已经蕴含在龙华民的《论中国人宗教的几个问题》中了。这种争论迅速从中国教区传回了西方，并引起了罗马教廷的一系列动荡。耶稣会士之间、方济会与多明我会之间借中国传教问题大肆攻伐，教派之争此起彼伏。1658 年，法国教会势力占了上风，被罗马教廷获准在中国和越南建立永不隶属葡萄牙果阿大主教区的主教区，从而打破了自 1514 年以来葡萄牙对东方传教区的绝对保教权。于是，随着法国宗教势力的扩张，法国的政治和经济界人士也立刻行动起来，开始寻求介入远东地区商业领域的方法。在阅读了传教士带回的大量关于中国的书籍之后，法国国王路易十四表现出了对宗教传播的极大热忱，认为目前正是将中国这一辽阔帝国里无数不信教者进行基督教归化的大好机会。于是，善于钻营的财政大臣柯尔贝尔（Jean-Baptiste Colbert）利用国王的这一心情，一面拉拢了大批怀有往赴远东地区进行地舆学研究、天文观测等科学考察愿望的耶稣会士，一面趁机扶植一系列远东贸易公司。终于，在 1663 年由国王亲自批准，法国建立了以对外传教为目的的神学院，招募法籍传教士加以科学与艺术的训练。这一批受训的传教士奉行利玛窦的传教策略，志在与中国统治阶层的儒家精英们保持友好往来，以此研究中国。与法国国家意志层面上追求的“理解中国、归化中国”略有不同，这批传教士们还怀有一种纯科学的目的：“在不忙于传播福音教义的闲暇时间里，在当地从事大量考察，以便能改善我们（法国）的科学和艺术中缺乏的东西。”[1]

---

[1] VIRGILE P. La Chine et la formation de l’esprit philosophique en France, 1640–1740[M]. Paris: Gallimard, 1932 : 40.

1685 年 3 月 3 日，“麻雀号”（Oiseau）战舰和“魔鬼号”（Maligne）护卫舰从布列斯特出发，开始了驶往远东的征程。这两艘船上除了载有归国的暹罗（今泰国）使节外，还有路易十四精心准备了廿年，预备大展法国风采的一支派往中国的、由传教士组成的使团。使团的若干耶稣会士中，有六人在当时尚属籍籍无名之辈，但后来却被载入史册，成为名噪一时的人物。他们分别是塔查尔（Guy Tachard）、刘应（Claude de Visdelou）、白晋（Joachim Bouvet）、洪若翰（Jean de Fontaney）、张诚（Jean François Gerbillon）和李明。六人以个人的身份接受了国王敕令，成为法兰西科学院院士，从这个意义上来看，法国的近代汉学研究由此而始。同时，他们因渊博的学识和良好的科学素养被授予“国王数学家”的称号，以便能够得到中国康熙皇帝的青眼。

六人的数学涵养绝非浪得虚名。其中白晋神父与被称为“17 世纪的亚里士多德”的数学家莱布尼茨多有书信往来，也正是他启发了莱布尼茨将二进制数学理论与中国《易经》八卦作比较，我们今天还可以在巴黎的《皇家科学院论文集》中读到这一研究成果。此外，白晋还为康熙用满文编写了数学论著，康熙命人将其译为汉语，并亲笔作序；另一位张诚神父则用满文向康熙讲授了欧几里得的《几何原本》。除数学之外，这支路易十四的特派团还为中国皇帝进献了浑天仪等礼物。迎合了康熙酷爱数学与天文学的喜好后，耶稣会士由此跻身于皇帝亲信者之列也不足为奇了。

尽管耶稣会士以非凡的科学知识而得宠，但利玛窦受过的那些猜忌再一次发生了。利玛窦曾经携带基督教圣徒遗骸，于是礼部官员在奏折中怀疑其真实性：“所携又有神仙骨诸物，夫既称神仙，自能飞升，安得有骨？”[1]

[1] JOSEPH-ANNA-MANE de MOYRIAC de MAILLA. Histoire générale de la Chine[M]. Paris : Seuil, 1994 : 343.

攻讦利玛窦的官员与后来敌视法国传教六人团的攻讦者们的相同之处在于，他们要么是对基督教怀有天然的敌意，如一位穆斯林官员曾经指责汤若望（Johann Adam Schall von Bell）把暴乱与起义的思想通过基督教传播到了中国，导致了汤若望的下狱；要么是怀有守旧的心态，仇视欧洲人传来的新思想和新事物。康熙虽然是一位开明的，对基督教徒们怀有基本尊重的皇帝，但出于维护清帝国统治稳固的需要，他还是下令禁止耶稣会士们传教布道，虽不至于驱逐出境，但也仅允许他们进行个人修行。

相比其他人，康熙对于基督教不可不谓之宽容，这种态度立刻得到了耶稣会士们的回报。他们竭尽全力地赞美这位皇帝，但要令中国人接受欧洲的天文、数学以及基督教教义是一件阻力重重之事。历数康熙时期，虽有多达24名耶稣会士被允许居住在北京，但其中仅有3名获得了官方认可，被授予类似皇家数学家的官职。也就是说，中国人并不像法国人想象的那样对数学或天文发自内心地感兴趣。在这个文学的国度，数学或天文往往服务于农事或历法，与钻研儒家经书、皓首穷经相比，这些不过是锦上添花罢了。

在认识到这一点后，法国人可以“理所当然”地宣布比欧洲其他国家更了解中国了。典型的例子就是六人组之一，未能获许在中国逗留更长时间的李明神父在回到法国之后，出版了《中国现状新志》一书。他在该书内自称对中国全然了解，并称该书已经汇总了所知道的关于中国的一切知识。比如，李明认为应该利用除数学与天文之外其他具有新颖特征的东西来吸引中国人的好奇心。受此影响，往赴中国的传教士们虽然掌握了数学与天文知识，却仍不忘学习一两项手艺，以便获得更多的机会——即使不能获得皇帝的欢心，至少能够打动官员，方便寻找潜在的传教机会。比如张睦若（Charlie de la Roche）在前往中国之前，特别学习了铜镂空雕刻技术；汤执中

（Pierre Nicolas d’Incarville）则在一家玻璃厂中学艺数月，以学习如何制造平板玻璃。

这种行为类似于发现新大陆的那群探险家，试图以卖弄自己带来的小玩意的方式激起土著人的兴趣，以便打开交流的大门。但鉴于中国是一个具有高度文明的古国，所以那些晶莹剔透的玻璃和闪闪发光的小镜子并不能令中国人多看一眼。至于传教士们展示的世界地图，也由于中国并未被绘制在正中心而令传教士们感到窘迫。他们连忙匆匆绘制新的舆图，将本在远东的中国大陆重新绘制在了地图的中央。毫不夸张地说，耶稣会士们在中国的日常生活中，艺术（主要是手工艺）始终占据着比天文与数学更重要的位置。

比如，宋君荣（Antoine Gaubil）曾经向苏熙业（Étienne Souciet）倾诉自己的苦恼，因为他担任的欧洲乐师的工作令他无暇分身进行天文观测。张诚虽为入华六人组的会长，却很少获得进宫的机会，除非是皇帝传召他进宫担任意大利画家的翻译。而白晋则如前文所言，不但为康熙补习数学知识，还和刘应一同担任了太子的数学教师。至于南光国（Louis Pernon）则继承了徐日昇（Thomas Pereira）的事业，负责向康熙讲解乐器演奏方法，调校乐器的音准，并演奏包括横笛、钢琴、大键琴在内的诸多乐器。

为了纠正1685年起犯的错误（仅向中国派遣富有学养、知识渊博的学者型耶稣会士），白晋于1697年返回法国，招募了一批怀有技艺，能够取悦以康熙皇帝为首的中国士大夫官僚阶层的耶稣会士再度前往中国。这一次他们的使命更加明确：通过消遣娱乐这一途径，削弱甚至是取代葡萄牙人原有的声望，从而牢牢占据被驱逐的葡萄牙人所空出来的位置。

在稍微站稳了脚跟之后，传教士们没有忘记自己的本职工作。但随着对中国的认识加深，他们无一例外地将布道的方向转向了将儒学与基督教结合方面。他们的本意是想用欧洲的思想来解释孔儒古经，为基督教的合法性正名。而正当他们欢欣地认为可以利用中国人对技艺的喜爱将传教更进一步时，更严重的问题发生了，那就是他们本人接受了自己本想归化的中国思想的归化。于是，响彻整个 18 世纪的礼仪之争拉开了序幕。

二　18—19 世纪：礼仪之争下的花之国

进入 18 世纪的第一年，即 1700 年，一场关于中国的礼仪之争拉开了序幕。争论自基督教内部始，逐步蔓延为罗马教廷与清政府的对抗，最后以清政府下令禁止基督教在华传播，百年禁教为终。对此，圣西门（Saint-Simon）的总结清晰而准确："争论开始于对孔子和先祖的尊崇问题，耶稣会士们允许中国教徒们实行这些礼仪，而巴黎的外方传教会却禁止新教徒们这样做。"[1]事实上，这场礼仪之争是伴随着中国被欧洲逐步发现而来的，也就是说，作为一个"被发现的文明"，中国的古老制度与社会习俗给欧洲带来了一场混乱的风暴，具体表现为欧洲传统信仰上的大崩溃。

在介绍礼仪之争的具体内容之前，有必要对该事件的来龙去脉一一说明。让我们更清晰地知道，在 18 世纪初，是什么阻挠了欧洲对中国的进一步认识。正如前文所言，自 1514 年以来，葡萄牙人在东方传教区就拥有了绝对保教权，法国教会数次冲击这一制度，并在路易十四的授意下任命法国人为亚洲的主教。这一举动彻底激怒了葡萄牙人，他们不断向罗马教廷施压，

[1] 戴仁．法国当代中国学［M］．耿昇，译．北京：中国社会科学出版社，1998：11.

教皇在妥协之下，取消了对主教的任命，而是将法国人的职位改为“代牧主教”。法国在远东的耶稣会士们自然不服气，教皇只得下令要求这群法国人宣誓服从代牧主教，否则将被逐出教会。王权被挑战的路易十四采取了激烈的回应：若有向代牧主教宣誓者，不再是法兰西王国的子民。

于是，宗教与王权、世俗与神学之间的各方利益纠葛愈来愈深，冲突不断。葡萄牙人与法国人、主教与代牧主教、向罗马教廷宣誓和向路易十四效忠的各路人马纷争不断，直接导致了基督教在如何对待中国这片待传教大陆的问题上意见一直未能统一。

针对当时中国一直停滞不前的布道事业，南怀仁提出的观点是：组建一个在中国的神职团队，以便帮助受洗的中国教徒以汉语进行祷告、弥撒、忏悔以及其他圣事。毕竟对于事务繁忙的中国官员来说，比起皈依基督教，掌握拉丁语或者欧洲其他语言似乎更为困难。这一革新将在很大程度上促进基督教在华的扩张。南怀仁的这一想法虽然大胆，却并不新颖，因为早在17世纪初，在利玛窦、金尼阁和龙华民等人的努力下，这个问题就已经获得了罗马教廷的让步。其基本成果是一道教皇的诏谕：允许中国教士用本国文字举行宗教仪式，准许当地人任基督教神职，并可用本国文字翻译、解说《圣经》。然而大半个世纪后，路易十四在未获罗马教会许可的情况下便萌生了向华派遣传教士的想法，为掩人耳目，遣华的六位传教士被冠以法兰西科学院院士、“国王数学家”的头衔。由于传教六人团在中国受到的恩宠大有超越葡萄牙传教士的势头，且葡萄牙人认为他们是法国国王在中国安插的、能为法国世俗利益服务的代言人。于是，怒不可遏的葡萄牙教士立刻利用南怀仁的这一事件向罗马教廷告发了法国教会。教皇在获悉法王的狂悖之后，立刻收回了1615年颁发给金尼阁的许可令，从此禁止耶稣会士培养以古汉语主持宗教仪式的中国教徒。

偏偏此时，法国张诚神父在中俄《尼布楚条约》签订前后的出色表现赢得了康熙皇帝的好感，1692 年 2 月，康熙在一道圣旨中提及对基督教的宽容态度："前部议将各处天主堂照旧存留，止令西洋人供奉，已经准行。现在西洋人治理历法，前用兵之际制造军器，效力勤劳。近随征俄罗斯，亦有劳绩，并无为恶乱行之处，将伊等之教目为邪教禁止，殊属无辜。"到 1692 年 3 月，礼部揣度圣意，上疏道："查得西洋人仰慕圣化，由万里航海而来，现今治理历法，用兵之际，力造军器火炮，差往俄罗斯，诚心效力，克成其事，劳绩甚多。各省居住西洋人并无为恶乱行之处，又并非左道惑众，异端生事。喇嘛僧道等寺庙尚容人烧香行走，西洋人并无违法之事，反行禁止，似属不宜。相应将各处天主堂俱照旧存留，凡进香供奉。许照常行走，不必禁止。俟命下之日，通行直隶各省可也。"康熙阅后，批上"依议"两字，颁诏准行。后世即称这两道敕令为"康熙容教令"。

在清政府放开对基督教的传教管制时，罗马教廷受葡萄牙人影响，对中国的法国耶稣会士们采取了紧缩政策。在康熙容教令颁布的第二年，福建的代牧主教颜珰（Charles Maigrot）遵奉罗马教廷旨意，发布了禁止中国天主教徒祭祖祭孔的禁令。当康熙皇帝看到教廷禁令中有把自己一片好心赠送的"敬天"牌匾也不许悬挂的条文后，感到自尊心受到极大的伤害，龙颜大怒。旋即颁布圣旨道："以后不必西洋人在中国行教，禁止可也，免得多事。"这是葡萄牙人万万没有想到的结果，本意是打击法国传教士在华势力，没想到最终波及整个欧洲。

欧洲方面，中国的礼仪之争主要涉及以下三个问题：第一，天主教徒能否同时祭孔？第二，天主教徒能否同时祭祖？第三，该使用汉语中的什么词汇来指代基督教的耶和华（天主）？

第一个问题：天主教徒能否同时祭孔？对这个问题的探讨首先涉及到的是对孔子身份的认定。我们皆知，天主教信奉唯一神，无论这个神被称为“Dieu”“God”“Deus”“耶和华”还是“上帝”，他的唯一性和权威性是不容挑战的。也就是说，天主教绝对禁止各种形式的偶像崇拜。然而，中国的耶稣会士被教会的敌人指责为容忍甚至包容了中国的偶像崇拜，他们提出的“偶像”，指的就是“Keum Fucu”或“Kun-fu-zu”，也就是我们熟知的孔子。法国外方传教会普遍认为，中国的孔子虽已辞世千年，但他代表的“儒教”有着根深蒂固的教义，他传授的训诫虽跨越千年，却仍为中国人接受且效法。中国人视孔子为道德的楷模，将他作为圣人加以膜拜，甚至每座城市都有他的神殿（孔庙）。于是，欧洲教会将孔子的形象与被基督教明令禁止的偶像联系起来，成为反对在华耶稣会合法性的有力武器。教徒儒利厄（Louis Jurieu）利用了这一刻板印象，宣称耶稣会士在中国培养了一批邪恶的基督徒，他们竟然公开地崇拜“假神”孔子。

对此，耶稣会士们作出了强有力的回击——鉴于对孔子是“渎神的偶像”这一印象源自欧洲人对孔子的无知——他们开始广泛地宣传孔子的正面形象。例如，李明不遗余力地恢复孔子在欧洲人心中的名誉。在《就中国人的语言、方块字、书籍与道德致法国贵族院院长、兰斯大主教、公爵阁下的信》中，李明首先根据程朱理学的“注疏”，简要介绍了“四书五经”，以此巧妙引出了孔子的学者身份，同时援引了不少司马迁在《史记》中关于孔子的轶闻。李明的种种援引都在暗示孔子与基督教之间的关系，甚至将《列子·仲尼篇》中孔子的那句“西方之人有圣者焉”附会为孔子信奉耶和华为主的表现。于是，耶稣会士辩称，中国人对孔子的信仰绝非宗教式的虔诚，散落在中国各城的孔庙，也不是宗教类型的寺庙，而是学者汇聚的机构。

第二个问题：天主教徒能否同时祭祖？这个问题与祭孔一样，同样涉及到偶像崇拜。耶稣会士们首先描述了祭祖仪式：每年两次地向祖宗的灵位摆上贡品，每年一次进行扫墓活动，清理坟墓上的杂草，缅怀自己已经逝去的亲人。这样的行为怎么能与“偶像崇拜”挂钩呢？郭弼恩（Charles Le Gobien）在《关于中国人敬仰孔夫子与死者的说明》（*Explication sur la vénération des Chinois envers Confucius et les morts*）中，强调中国人的祭祖行为并非“把死者奉为神”，而是为了表达纪念、尊重与感恩。并反击多明我会与方济各会，认为他们比耶稣会迟到了半个多世纪，对中国的了解浅薄也就不足为奇了。郭弼恩强调，迟到者是没有权力也没有立场来反驳编纂了受到中欧双方都认可的汉学著作的耶稣会士的观点的。郭弼恩为祭祖的辩护条理清楚、理据充分，以至于多明我会的神父让·德·帕斯（Jean de Paz）也不得不承认，中国人并没有赋予先祖任何神性或者超人的力量。

第三个问题：该使用汉语中的什么词汇来指代基督教的耶和华（天主）？基督教中的“Dieu”，是不是可以等同于中国儒经中已有的“上帝”或“天”？在上一章关于龙华民的论述中已经讨论过这个问题，源起如何在此不再赘述。而呼名之争在中国的历史上并非首次出现，唐代玄奘大师在将《道德经》翻译成梵文时，对于梵文词汇“bodhi”（道）的处理，佛教就和道教之间展开过激烈的争论。如今，类似争论再次出现在了基督教与儒学之间。其实，中国人本身对这一称呼并非不宽容。根据南怀仁记载，康熙皇帝有一次询问他，为何不将“Dieu”称为上帝。如果称为上帝，对民众来说更为通俗，难道基督徒不是称其为“天主”吗？上帝不正是“天主”之意吗？为何非得废除一个词，再创造一个新的“帝耶”呢？对此，南怀仁首先承认了康熙的疑惑，接着请求康熙能够公开地颁布敕令，宣布儒学中的“上帝”一词实际意义上就等同于基督教的“Dieu”或是“天主”，那么基督徒们也愿意平等地使用“上帝”这个称谓来作为对“Dieu”的呼名。然而，还等不及中国方面做出最后的回应，法国的索邦神学院就已经对此提出了谴责，认为这种混乱的呼名是在“引诱犯罪、亵渎宗教，与《圣经》背道而驰，为异端邪说，破坏基督信仰与宗教，诋毁耶稣基督的受难与殉难”[1]。

围绕中国礼仪之争的这三个问题进行的笔战绝非以上几例，粗数还有以下较为著名的论战文章：《外国传教团大人们的信》《提交给圣廷传信部的中国问题》《为耶稣会士在中国的操行辩护的始末》《对亚历山大七世教皇的敕令与耶稣会士就中国祭孔与祖先仪式所持的态度的合理的成见》《〈中国信仰史〉查禁后受教皇七世圣谕认可的中国人祭祀哲人孔夫子及他们祖先的仪式》《论中国礼仪与希腊、罗马偶像崇拜的相似性》及《关于向教皇控告〈中国现状新志〉的说明》等。光是通过这些论战文章便可知当时的中国礼仪之争是何等沸沸扬扬了。耶稣会士越是辩称中国人进行的不过是纯粹的世俗活动，罗马教廷就越是认为这是渎神的偶像崇拜。这就形成了一种闻所未闻的局面：耶稣会士们在中国被视为“左派分子”，而在欧洲则被视为软弱的“右派”。

罗马教廷的种种行为激起了清政府的不满，这种不满逐渐辐射到了耶稣会士身上。雍正皇帝继位后，执行了比康熙皇帝更为严苛的宗教政策，并下旨说：“中国有中国之教，西洋有西洋之教；彼西洋之教，不必行于中国，亦

---

[1] 艾田蒲．中国之欧洲［M］．桂林：广西师范大学出版社，2008：214.

如中国之教，岂能行于西洋？”之后雍正帝再次下令禁教。多数耶稣会士被禁止在中国内陆活动，财产也被没收。于是，耶稣会士们先避居广州，最后又迁居澳门。后继者乾隆皇帝禁教愈烈，除了少数宣布效忠清廷并在清政府履职的耶稣会神父外，其余人等一概驱逐出境。1793 年，法国传教会最后一任会长钱德明（Jean Joseph-Marie Amiot）神父客死北京，他恰好死在路易十六被处决、法国大革命宣告胜利的那天，这无疑有着某种深刻的象征意义——新的时代到来了，耶稣会在中国已无力回天。

今天我们回过头来看耶稣会士在华的活动与经营，至少可以评价一句，他们为中国带来了全新的人文思想，且曾经竭尽全力地为使中国受基督教归化而矢志不渝地工作。礼仪之争毁灭了他们的目标，但不得不说，正是这一场礼仪之争，强化了法国耶稣会士们的中国观，使欧洲正视并开始研究中国古老的文明与文化，并成为欧洲了解中国的一扇重要窗口。

受礼仪之争的影响，正如伏尔泰所言：“中国在欧洲比欧洲某些省份更为人所熟知。”[1] 欧洲人对中国有了迫切想去了解的愿望，诸多著作在这个时期应运而生。我们大致可以把 18 世纪关于“花之国”的著作分为以下两个板块：第一，耶稣会士介绍性著作类；第二，法国学者汉学研究专著类。

不可否认的是，耶稣会士们流传于世的作品中，有许多是为中国礼仪之争而抗辩的书简及论著。前文提到的 18 世纪法国三大汉学著作之一的《耶稣会士书简集》中除了记述了礼仪之争，还涵括了大量关于中国清帝国方方面面的记录。类似的还有 1776—1814 年陆续出版的 16 卷《中国杂纂》，其

---

[1] 戴仁．法国当代中国学［M］．耿昇，译．北京：中国社会科学出版社，1998：13.

中丰富的史料证明了18世纪法国在汉学研究领域取得的巨大成功。与其他耶稣会士编纂的史料相比,《中国杂纂》和1753年出版《中华帝国全志》中都出现了文学性文献。比如,《中国杂纂》收录了中国《诗经》的部分编译文和几首古典诗词。而在《中华帝国全志》中，元曲《赵氏孤儿》被首次正式记录了，这多亏了1732年，马若瑟（Joseph de Prémare）把《赵氏孤儿》译成法文，改题为《中国悲剧之赵氏孤儿》（*L'Orphelin de la maison de Zhao, Zhaoshi gu'er*）的工作。之后，意大利诗人梅塔斯塔斯（Pietro Metastasio）从中摘编了《中国英雄》一幕进行配乐演出，伏尔泰又将其改编成了《中国孤儿》，并于1755年在巴黎上演。

除三大巨著外，冯秉正（Joseph-Francois Marie-Anne de Moyriac de Mailla）还完成了至今为止唯一一部根据中国皇家资料（主要来源于康熙颁旨编纂的满文版《通鉴纲目》）编撰而成的法文版中国史——《中国通史》（*Histoire générale de la Chine*）。书中的纪年依据朱熹的《通鉴纲目》而来，推出伏羲当政应为公元前3332年，黄帝执政的时间则为公元前2698年，尧帝执政开始于公元前2357年。该纪年的推断破除了欧洲《圣经》纪年的绝对权威性，证明了“基督教之外另有上帝存在”。从治史方面来说，另有在北京驻留37年的耶稣会士宋君荣所著的《成吉思汗传和元代全史》（*Histoire de Gentchiscan et de toute la dynastie des Mongous, ses successeurs conquérans de la Chine*）与《唐书》（*Histoire de la grande dynastie des Thang*）等。从治学方面来说，还有刘应在巴黎出版的《书经》（*Le Chou-king ou le Livre par excellence : les Se-chou ou les Quatre livres moraux de Confucius et de ses disciplesm*）和《中庸》（*De perfecta imperturbabilitate Liber Canonicus*）的拉丁文译本等。北京的最后一位耶稣会士、汉学家钱德明留下的关于中国的介绍性著作最为丰富，如介绍中国音乐的著作《中国古今音乐考》(*Étude historique de la musique chinoise depuis les ères antiques jusqu'à nos jours*)，介绍中国思想的著作《孔子传》(*Confucius*)，介绍中国历史的著作《中国历代帝王纪年表》(*Chronologie des empereurs chinois*)、《纪年略史》(*Abrege Chronologique de L'histoire unverselle de L'empire chinois*)等。

随着钱德明的辞世，耶稣会士们“介绍中国”的历史使命告一段落。与耶稣会士在北京的传教团相呼应的是，18 世纪的巴黎也出现过一个以学者为主的汉学派。代表人物主要有培尔（Pierre Bayle）、弗雷烈（Nicolas Fréret）、傅尔蒙（Étienne Fourmont）、黄嘉略、高类思和杨德望。

培尔是法国 18 世纪资产阶级启蒙思想家的先驱，著名的《历史批判辞典》(*Dictionnaire Historique et Critique*) 即出自他手。通过阅读耶稣会士的大量涉华著作，他对中国儒、释、道三教有了基本认识。在培尔看来，中国的儒学是唯物主义和无神论的表现，我们由此可以看到他在礼仪之争中对耶稣会士的倾向性与同情心。而这场礼仪之争使他的“怀疑论”主张向欧洲文明史蔓延：培尔认为,《圣经》中记载的人类文明史与思想发展史并非历史的真相，信仰上帝为真神并非对世俗道德加以考核的唯一标准。培尔十分推崇中国的儒学，特别赞赏其中的宽容精神，在他看来，这种宽容正对应了基督教对教众的狭隘约束。中华民族在宽容与泛神中成长，故而比基督教管束下的欧洲各国获得了更大发展。

作为人文主义学者、法国科学院的常务秘书，弗雷烈非常关心中国，他与入华耶稣会士们频有信函往来。对中国越是了解，就越清楚地发现中国在使用一种不以“上帝说要有光”为起点的纪年方式，这明显撼动了基督教的普世真理，也搅动了当时欧洲人心目中根深蒂固的历史史观。于是，弗雷烈特别着重研究了中国历史纪年，并考证了中华文明的起源，他拒绝将人类文明的起源归于西方。18 世纪的法国汉学由他发扬光大，以至他的后继者，被誉为 20 世纪下半叶最伟大的法国汉学家的戴密微（Paul Demiéville）称他为“最具好奇心、最严谨、最自由的大思想家之一”[1]。同培尔一样，弗雷烈受到了耶稣会士们关于中国儒家文化著作的影响，特别值得一提的是，他对中国儒家文化的推广力度之大，与他显赫的学术地位不无关系。他曾经多次在法兰西金石学和美文学学术院的出版书籍、通讯报告会、学术分享会上介绍中国的儒家文化。此外，弗雷烈与傅尔蒙曾联合推荐黄嘉略出任巴黎国立图书馆馆员，并任路易十四的中文翻译。弗雷烈与傅尔蒙还曾共同制订了编写汉语语法书《论汉语语法》《双向语法》和汉语词典《汉文词汇》的计划。工作进行到半途，两人便发生了不和，并爆发了严重争执，加之黄嘉略 36 岁早逝，合作编纂的计划最终夭折。虽分道扬镳，但弗雷烈和傅尔蒙由此都成了在法国本土从事以儒家文化为主的汉学研究的奠基人，汉学研究也在他们的努力之下被纳入人文科学研究的范畴。

傅尔蒙其人颇有争议，他多次被指控剽窃与抄袭，并曾试图将黄嘉略与弗雷烈的汉学研究之功据为己有。三人的争执并不能视为各自独立的事件，相反，我们必须将其联系起来以便观察当中是非曲直。在与黄嘉略合作进行汉学研究的过程中，傅尔蒙和弗雷烈均得知汉字中存在 214 个部首，并认为部首为汉字的“基本字符”，把这些“基本字符”像西文 26 个字母那样以不同的方式组合，就可以“拼写”出所有汉字。两人都非常激动，对于这一发

---

[1] DEMIÉVILLE P. Choix d’études Sinologiques［M］. Leiden : Brill Academic Publishers, 1973: 450.

现欣喜若狂。弗雷烈于1718年在金石学和美文学学术院宣读了关于中国汉字214个部首的论文，但这篇论文迟至1729年才得以发表。在另一场合，傅尔蒙宣读了自己撰写的论文，其中亦论及了214个部首问题，并借此名扬欧洲汉学界。数年后，得知弗雷烈的论文发表，傅尔蒙以原创者身份指责弗雷烈剽窃。弗雷烈反驳并坚称自己在1718年宣读论文时，台下就坐着傅尔蒙。两人你来我往数场笔战，争论不休，金石学和美文学学术院亦无法判断孰是孰非，只得下令搁置争议，让两人停战。

其实，真正"发现"部首的应为黄嘉略，傅尔蒙和弗雷烈均是从黄嘉略处获得此知的。当时，黄嘉略奉法王路易十四之命编写关于汉语语法及汉字词典方面的书籍，两人均任其助手。1714年，弗雷烈因言获罪下狱之后，助手的工作便由傅尔蒙包揽。1716年，黄嘉略死后，法国王室学术总监、法国科学院院长比尼昂（Abbé Jean-Paul Bignon）指令傅尔蒙作为黄嘉略全部遗物的接收人，以期他继续完成黄嘉略未竟之事业。根据黄嘉略日记记载，令他格外气愤的是，他尚未死时傅尔蒙便前往他家搬运资料。未料，傅尔蒙在接收黄嘉略遗稿后，竟然声称："黄先生留下的残稿，对于任何想在汉语研究中有所作为的人，都没有什么用处。"[1] 而数年后，傅尔蒙令人意外地独立完成了一部汉语语法相关的著作《中国官话》。出版前夕，弗雷烈闻讯抗议，表示对傅尔蒙的汉语水平及其著作的原创有所怀疑，于是该书出版搁浅。1730年，马若瑟欲出版己作《汉语札记》，比尼昂要求傅尔蒙将该书与自己编写的《中国官话》作比较。毫无意外的是，傅尔蒙读毕，在呈送给比尼昂的报告中对《汉语札记》评价一般，甚至宣称《汉语札记》的书稿已不慎遗失。

---

[1] 许明龙．中法文化交流的先驱黄嘉略——一位被埋没二百多年的文化使者［J］．社会科学战线，1986（3）：244-255.

待《汉语札记》书稿重见天日，已是百年之后了。我们是不是可以推测，黄嘉略的遗作至今不见完稿，原因也与此相同?

早逝的黄嘉略令人惋惜。他本是福建莆田人，原名黄日升，嘉略是他的教名。他的父母都是天主教徒，于是，黄嘉略尚未满月便接受了基督教洗礼，成为一名天主教教徒，并从小跟随教父学习拉丁文。年方7岁，黄父病逝，黄嘉略被传教士卜于善收为义子。3年后，他转随法国传教士梁弘仁(Artus de Lionne)学习。1701年，礼仪之争矛盾激化，作为反对耶稣会士的那一派，梁弘仁被教廷招至罗马汇报具体情况，他便带着黄嘉略随行。教皇友善地接见了这位来自中国的信徒，对于这一经历，黄嘉略有《罗马日记》传世。1705年，黄嘉略随梁弘仁来到巴黎，自此滞留法国11年，娶妻生女，直至去世。在法期间，黄嘉略曾担任路易十四的中文翻译，并接受了路易十四要求他编纂汉语词典与语法书籍的任务。《汉语语法》的手稿现存于法国巴黎的法国国家图书馆;《汉文词汇》并未完稿，残篇也现存于法国巴黎的法国国家图书馆。除此之外，黄嘉略还翻译了《玉娇梨》的前三章，并曾为法国国家图书馆所藏的中文书籍作书目索引。

黄嘉略对整个18世纪的法国汉学影响颇深。年轻的他在编写词典与语法时特别注重介绍中国文化。对他来说，这项工作绝非简单地将中国字进行归纳汇总，他要将其打造成一部蕴含着中国文化的辞海。例如，他为“山”所写的释义是这样的:“山，中国四方有五座名山，最东部之山曰泰山。泰山亦可代指‘岳父’，其意为岳父如五岳之首泰山一样令人尊敬。中国另有谚语‘有眼不识泰山’，指的是一位令人尊敬的人就站在面前，你却无法分辨。”简单的一个字，黄嘉略至少从三个角度做了中国文化常识性方面的释义，其目的也就不言而喻了。黄嘉略治学严谨，获得了巴黎学界的广泛尊重，经常接待学者的来访。如植物学家茹西欧（Antoine Jussien）、翻译家加朗（Antoine Galland）、天文学家德利尔（J. N. de Lisle）等都曾是黄宅的座上客。而其中最有名的，当数启蒙思想家孟德斯鸠。孟德斯鸠多次拜访黄嘉略，两人之间建立了深厚的友谊。孟德斯鸠对中国文化非常感兴趣，于是，黄嘉略向他介绍了中国的儒学、司法和科举制度，并分析了中国人的性格。孟德斯鸠将多次谈话内容整理后装订成册，冠名为《我与黄先生的谈话中关于中国的若干评述》（*Quelques remarques sur la Chine que j'ai tirées des conversations que j'ay eües avec Mr. Ouanges*）。这本册子谈到了中国的宗教、法律、服饰、墓葬、家产观念、文学、科举、妇女地位、国家性质等。此外，孟德斯鸠在《论法的精神》一书中至少有 6 处引用了他们的谈话内容，并表达了对黄嘉略的尊敬。

黄嘉略并非 18 世纪唯一旅居欧洲的中国汉学研究者。在他之前，那不勒斯的马国贤（Matteo Ripa）创办了“中华学院”，地址位于那不勒斯“华人坡”（Salita dei cinesi）上。“中华学院”即为那不勒斯东方学院的前身，又称“圣家书院”（Collegio di sacra famiglia）。该学院首批成员包括谷文耀，北京古北口人，1701 年生；殷若望，河北固安人，1705 年生；黄巴桐，河北固安人，1712 年生；吴露爵，江苏金山人，1713 年生；王雅敬，江苏川沙人，1693 年生。除此长居意大利的五人外，另有高类思和杨德望等人由北京的耶稣会士们派往法国，以便他们能在巴黎继续接受宗教与拉丁文教育。

这两人一到巴黎，便得到了对中国问题非常感兴趣的贝尔坦（Emile Bertin）和杜尔哥（Anne Robert Jacques Turgot）的关注。贝尔坦为法国当时的国务秘书，地位显赫，亦是耶稣会士们的保护人和通信人，法兰西研究院的图书馆尚存大量双方往来的书简。杜尔哥则是路易十六执政时期的财政大臣，他和魁奈（François Quesnay）被并称为法国的“重农学派”，信奉中国式的追求土地与农业发展的自然经济形式。贝尔坦和杜尔哥要求法国科学院对来自中国的高类思和杨德望进行系统培训，以便二人能“还原”中国经济的真实面貌。后来，杜尔哥借鉴了这两名中国人的研究结果，完成了名篇《论财富的构成及分配》（*Reflections on the Formation and the Distribution of Riches*）。但遗憾的是，研究并没有继续下去，高类思和杨德望返回了中国，而法国汉学研究被席卷而来的法国大革命所冲击，随着“中国热”的结束而在顷刻之间销声匿迹了。直到19世纪初，法兰西学院汉学讲座逐步开设，法国的汉学研究才重新起步。

19世纪的法国人获得对中国的认识更新，离不开以下几位杰出人物的帮助：小德经（Chrétien-Louis-Joseph de Guignes）、德·沙西（Antoine Isaac Silvestre de Sacy）、雷慕沙（Jean Pierre Abel Rémusat）、儒莲（Stanislas Julien）、德理文（D’Hervey de Saint Denys）、沙畹（Edouard Chavannes）、巴赞（Antoine Bazin）、哥士耆（Alexandre Kleczhowsk）、微席叶（Arnold Jaques Vissière）、毕欧（Edouard Biot）等。他们大多以在法兰西学院和国立东方语言文化学院开设讲座的方式宣传自己的汉学思想，拓宽了当时法国人对中国的视野。

首先要提到的人物是小德经，他是法国科学院东方学院士德经（Joseph de Guignes）之子，家学渊源，曾以译者的身份，随德胜（Isaac Titsingh）的荷兰使团访问中国。这次出访弥足珍贵，因为即将到来的鸦片战争将中断中法之间在平等对话上的可能。小德经回国后，为了介绍他在亚洲观察到的情况，自费于1808年出版了《北京、马尼拉、毛里西亚岛1784—1801年游记》（*Voyages à Peking, Manille et l’île de France, faits dans l’intervalle des années*

1784 à 1801）。这部著作赢得了拿破仑一世的欢心，随后，拿破仑一世命小德经编纂，并于1813年出版了《汉—法—拉丁语词典》（*Dictionnaire chinois, français et Latin*）。这本字典虽然没有直接推动汉学研究的发展，但其中收录的14000余个汉字都是由大于1厘米的木刻印刷完成，堪称活字印刷的珍宝。值得一提的是，这是一部首次采用214部首来编撰且最终完成的汉语词典。小德经曾这样说过："我编写这部字典的目的是为学习汉语的人提供有效的方法。因此，我选择了中国人编写字典的方式，按照字部顺序而不是按照音韵顺序来编撰我的字典。"[1] 近一个世纪前黄嘉略等人未竟的事业，终于由小德经完成了。

随后，19世纪初期法国本土经院汉学也开始发展起来：汉学讲座创设了。当时，东方学研究在法兰西学院正如火如荼，希伯来语、阿拉伯语、叙利亚语、突厥语和波斯语的讲座已经较为成熟与完善。德·沙西是当时学院里主讲阿拉伯语的教授，他对中国学亦有浓厚兴趣。正是在他的关注下，《中国杂纂》的最后一卷（第17卷）得以在第一卷出版近40年后刊行。后来，1814年12月11日，法兰西学院教授委员会通过了德·沙西的提案，决定开设"汉语和鞑靼—满族语言文学讲座"（Chaire de langues et littératures chinoises et tartares-mandchoues）。该讲座的名称一直保持到1918年，之所以联合满语一起学习，是因为满语的多音节与屈折性更符合欧洲人的语言习惯，而将满语作为汉语的辅助语言，更便于欧洲人迅速接受汉语。于此，汉语被首次列为西方高等教育的正式课程，这一事件标志着19世纪法国汉学研究开始了真正的飞跃。

---

[1] 钱林森.19世纪法国汉学的发展简述［J］. 汉学研究，2022（33）：83.

该讲座的第一位主讲人是年仅 27 岁的雷慕沙。出身医学世家的他很早就将家学与汉学联系到了一起。1806 年，雷慕沙在修道院院长泰尔桑（Abbé de Tersan）的收藏中发现了一本关于中国中草药的中文书籍，遂萌发了对中国医学的兴趣。研究中国医学之前，先要熟练掌握汉语，多年刻苦学习后，他的第一篇汉学成果《论述中国语言和文学的论文》（*Essai sur la langue et la littérature chinoises*）问世。1813 年，雷慕沙以其《舌症状研究：即关于从舌头看出的病症，尤其是中国人的相关理论》（*Dissertatio de Glossosemeiotice, sive de signis morborum quae è lingua sumuntur, praesertim apud Sinenses* ）论文，获得巴黎大学医学博士学位。此后，他又以在鞑靼语方面的研究逐渐引起西方前辈学者的关注，并获得了汉语和鞑靼—满族语言文学讲座教席。为了教好汉语，他必须从语言学角度重新认识中文，而在求学过程中，雷慕沙没有合适的词典，他唯一能借到的一本工具书，竟然是曾经被傅尔蒙嗤之以鼻、不屑一顾的马若瑟之作《汉语札记》（*Natitia Lingua Sinicae*）的孤本手稿。正是这本著作给了他极大启发，令雷慕沙于 1822 年完成了自己的汉语语言学名著《汉语语法要素，国文、古文、官话的一般原则即中华帝国的日常用语》（*Eléments de la grammaire chinoise, ou principes généraux du Kou-wen, ou style antique, et du Kouan-hoa, c'est-à- direde la langue commune généralement usitée dans l'Empire chinois*）。

雷慕沙不仅在医学与汉语语言学方面有所建树，对于中国的古典文学、哲学、历史地理学也有研究，他既为学者，又为译者。1814 年，他撰写了《孔子著作》（*The Works of Confucius*），这是对马歙曼博士（Joshua Marshman）《孔子著作》（中英文本）的辨析；1816 年，他翻译了《太上感应篇》（*Le livre des récompenses et des peines*）；1817 年，他编译了《中庸》

（*L'invariable milieu*），书中有汉文、满文、拉丁文直译和法文译注，并在前言部分附上了自己对孔子道德观的评论；1819年，他翻译了《真腊风土记》（*Description du royaume de Camboge, par un voyageur Chinois qui a visité cette contrée à la fin du XIII*e *siècle*）；1822年，他发表了《关于中国文学在欧洲的状况和发展的通信》（*Lettre sur l'etat et progrès de la littérature chinoise en Europe*）；1823年，他撰写了《老子的生平和学说，这位公元前6世纪的哲学家，及其思想与毕达哥拉斯、柏拉图及弟子们的一致性》（*Mémoire sur la vie et les opinions de Lao-Tseu, philosophe chinois du VIe, siècle avant notre ère, qui a professé les opinions communement attribuées à Pythagore, à Platonetaleurs disciples*）；1825年，他发表了《论中亚地理的几个相关问题》（*Mémoire sur plusieurs questions relatives à la géographie de l'Aisa Centrale*）和《亚洲论集——对东方国家宗教、科学、习俗、历史、地理的研究精要》（*Mélanges Asiatiques, ou Choix de morceaux critiques et de mémoires relatifs aux religions, aux sciences, aux coutumes, à l'histoire et à la geographie des nations orientales*）；1826年，他翻译了《玉娇梨》（*Lǔ-Kiao-Li, ou les Deux Consines*）等。除广博的知识为法国后辈汉学家树立了标杆外，雷慕沙对中国文化有着时人未有的尊重与热爱。他明确反对西方中心主义，积极推动中西学术文化交流，为中国文化向西方传播作出了重要贡献。

雷慕沙死后，他的弟子儒莲接替了他的汉语教席。儒莲一生翻译了大量中国历史和古典文学类书籍，甚至受师门影响，向法国介绍了有关中国农业、蚕桑、陶瓷方面的知识。在此，本书要特别提到的是儒莲对中国世俗文学译入法国所做出的杰出贡献。在19世纪，世俗文学处于所有文学流派与文学研究的末流，正是儒莲不畏非议，一字不差地完整翻译了附有全部曲子的元曲《赵氏孤儿》，并致力于进行一些中国大团圆式的中短篇世俗小说或戏剧的翻译，如《西厢记》《白蛇精记》《平山冷燕》《玉娇梨》等。通过儒莲的翻译，这些作品向法国人展示了他们难以想象的中国古代世俗风情。之所以偏好翻译世俗小说，根据儒莲自己的说法，是因为"仅仅研究中国人在社会关系中的表现是不够的，还必须熟悉他们的文学作品，特别是风俗小说，才能彻底了解我们今后将与之共同生活和互相往来的民族的风俗习惯和性格特征"[1]。

1872年，也就是儒莲去世的前一年，法兰西学院以他之名设立了汉学最高学术奖项——儒莲奖，这一奖项日后成为国际汉学的最高荣誉。但是与儒莲无可指摘的、渊博的汉学知识一样闻名于世的，还有他那善妒、易怒和大权独揽的骄矜个性。其时，儒莲身兼多职，他既是法兰西学院的教授，也是具有学院行政权的学监、东方语言学院的教授以及法国国家图书馆的副馆长。任何敢于批评他的人，儒莲都会不假颜色地加以回击。他攻讦他人的文章，如《对于遭到最近的一次诽谤恶意歪曲的可敬事实的简述》(*Simple exposé d'un fait honorable odieusement dénaturé par un libelle récent*)和《被迫答复隐藏在幕后的所谓正义朋友》等，都闹得沸沸扬扬、满城风雨。笔战似乎是法国学界的一大风气，从礼仪之争到弗雷烈与傅尔蒙的唇枪舌剑，好争辩之风从未停歇。

儒莲去世后第二年，他的学生德理文接替了他在法兰西学院的汉学讲座教席。与咄咄逼人的老师不同，德理文是一位性情温和的学者，更是对中国

[1] 陈友冰.二十世纪中国古典文学在法国的流播及学术特征[EB/OL].[2012-10-25]. http://sinology.cass.org.cn/zhsp/201605/t20160510_3312409.shtml

诗歌最早产生兴趣的法国人之一。正是他把中国的诗作以通俗而别致的方式介绍给了法国人，使中国诗不再是晦涩难懂的方块符号。德理文编译的《唐诗》法文版是他留给法国人最重要的文化遗产，他一共选取了35位唐代诗人的97首诗作，并在翻译过程中夹杂了自己对中国与欧洲在历史文化、诗歌语言之间的对比认识，同时给出了比较中肯的意见。除唐诗外，德理文还译有《离骚》和《今古奇观》等。

继德理文之后，沙畹成为法兰西学院汉学讲座的第四位执讲教授，虽然沙畹是19世纪历史主义与科学主义的竭力维护者，但因为他的活动主要发生在20世纪，故而沙畹对中国形象对外传播方面的贡献，我们留待下一节讨论。

正如前文提到，除法兰西学院之外，法国国立东方语言文化学院（Institut national des langues et civilisations orientales）也开设有汉学讲座。然而与法兰西学院在授课上更侧重学术性与经院性不同的是，东方语言文化学院更侧重实用性。第一位担任汉语讲座教授的是巴赞，这位法国人从未踏足中国，却因为师从儒莲而学会了汉语，并能以汉语进行流畅交流。故而，巴赞的著作几乎都与汉语口语相关，他的《官话语法》（*Grammaire mandarine, ou principes généraux de la langue chinoise parlée*）着重分析了汉语口语语法与书面语语法的不同之处，也涉及了汉语口语句子中重音与轻音的概念与使用规则。此外，巴赞跟随老师儒莲的步伐，对中国的世俗文学作品颇有研究，并翻译了《㑇梅香》《合汗衫》《货郎旦》《窦娥冤》等元曲，撰写了以元代文学为背景的概论性书籍《元朝一世纪》（*Le Siècle des Youên*）。巴赞去世后，他的老师儒莲力排众议，赢得了他的位置，在东方语言文化学院兼任讲席六年，虽非议不断，但儒莲以扎实的学养力平众议，成功地站稳了主讲人之位。

儒莲退席后，哥士耆继任教习。哥士耆曾为波兰人，后以其驻华公使期间的成就获得法国认可，加入法国籍。撇开哥士耆在中法"贵阳教案"一事上的处理态度不谈，其人可称为一位名副其实的汉语言学家，著有《汉语口语和书面语言的渐进与系统教科书》（*Cours graduel et complet de chinois parlé et écrit*）。

19 世纪在东方语言文化学院开设汉语讲席的最后一位教授便是微席叶。在中国期间，他署理法国驻上海总领事。因精通汉语，往来文牍皆亲自起草翻译。戴密微评价他的汉语水平"无懈可击，并最终具有了中国文人的风度、言行、举止以及几乎与中国人毫无差异的情感了"[1]。回到法国，微席叶在法国外交部任中文总翻译，并在东方语言文化学院任教。任教期间，其门生众多，且都取得了不错的汉语成就，后法国来华翻译，多出自其门下。微席叶还曾编写《北京官话：汉语初阶》（*Premières Leçons de Chinois Langue Mandarine de Pékin*），作为汉语口语的入门教材。

我们要提到的最后一位汉学家是活跃于 19 世纪上半叶的毕欧，他是法国著名天文学家、数学家老毕欧的儿子。他原本是一名铁路工程师，受到父亲对中国天文学热爱的影响，30 岁之后开始从事汉学研究，并被儒莲称为最得意的弟子。毕欧不但对中国的地质、气象、气候学颇有研究，还将中国的经济发展史介绍到了法国，著有《论中国自远古以来的土地所有制状况》（*Mémoire sur la condition de la propriété territoriale en Chine, depuis les temps anciens*）和《论中国公共教育史和儒生之社》（*Essai sur l'histoire de l'instruction publique en Chine et de la corporation des lettrés*），还翻译出版了《周礼》（*The*

---

[1] 戴仁．法国当代中国学［M］．耿昇，译．北京：中国社会科学出版社，1998：34.

Rites of Zhou）。

18—19世纪，从雷慕沙到毕欧，一代又一代的中国研究专家们前赴后继，成为影响世界汉学的巨擘。今天我们如数家珍地谈到的他们为后人留下的这些汉学财富，不过是一鳞半爪而已。可是，在这仓促的列举之中，我们已经可以感受他们在学术研究上的严谨、广博和深厚了；同时，我们不得不为他们致力于中法文明交流、努力为法国人揭开处在遥远东方大陆的中国之面纱的执着耕耘的文化精神而感动，正是这种精神，成就了他们在法国汉学研究领域的最高荣誉。

雷慕沙、儒莲和毕欧，他们与过去的耶稣会士大相径庭，也与1840年鸦片战争之后定居中国的法国传教士，如顾赛芬（Seraphin Couvreur）和戴遂良（Léon Wieger）等完全不同，他们著作中展现出来的对中国文化的了解度、精准度和考证水平，要远远高于耶稣会士们的平均水平。当然，从他们流传于世的著作中不难看出，他们对中国的哲学与历史更感兴趣，相对忽略中国的文艺学与文学作品，这种倾向已然成为18—19世纪汉学研究的特色。只有等到20世纪，两次搅动风云的世界大战之后，法国汉学才能以一种全新的态度对待中国。

三　20世纪至今：汉学的接受与命运

对比20世纪的中法两国，正处于不同的认识意识之中。对于中国来说，这是一个是摄取“世界意识”的新纪元。内外交困的中国人意识到必须抛弃旧有的陈腐观念，以崭新的姿态、开放的胸怀迎接新时代，才能重立于世界民族之林而不至于倾灭。而对于法国来说，这则是一个强化“东方意识”的时代。处在经济与文化巅峰的法国，对自己的力量充满了自信，不断地以此叩击着东方文明的大门，对亚洲表现出了军事与文化双重征服的欲望。在这种背景下，中法关系以史无前例的方式被打通了。中国学研究在法国之盛，主要表现在以下三个方面：其一，20 世纪法国汉学研究和教育机构日趋完备；其二，20 世纪出现了一大批彪炳史册的法国汉学家；其三，20 世纪的法国终于出现了对中国纯文学的深入研究。

首先要谈到的是 20 世纪法国进行汉学研究的各大机构。上一节提到的 19 世纪的两大汉学讲座，即开设于 1814 年的法兰西学院汉学讲座和开设于 1843 年的东方语言文化学院汉学讲座，虽然学生寥寥，却为 19 世纪的法国培养了一批高质量的汉学研究学者，也为 20 世纪汉学讲座与研究机构的蓬勃开设打下了坚实的师资基础。19 世纪末，两大讲座的选听生人数加起来也未能过百。到了 20 世纪中叶，情况发生了翻天覆地的变化。仅 1966 年一年，东方语言文化学院的汉语讲座就有 200 多名学生注册上课。于是，为了适应汉学研究发展与学生们想要了解中国的迫切愿望，各式机构与学校都参与到汉学研究的行列中来了。

巴黎索邦大学的文学院是 20 世纪较早践行了解中国这一使命的学院。1920 年，葛兰言就开始在索邦大学文学院开设介绍中国文明史的课程，但未能延续。1922 年，索邦大学创设了汉学研究所（Institut des Hautes Études Chinoises），该研究所的图书馆拥有数量相当之多的珍贵手稿和其他史料，并组织了一批汉学著作的编撰与出版。到 1957 年，文学院又重拾旧事，开设了关于中国语言和文明的讲座。此外，还有独立于索邦大学的高等研究实验学院（École Pratique des Hautes Études）长期进行着侧重于中国历史、宗教、语言与社会学的相关研究工作。

巴黎的卢浮宫博物馆里有一所知名度并不广的卢浮宫学院，20 世纪 60 年代曾开设过一段时期的远东艺术史讲座，辟有专门章节讲授中国的艺术与考古知识。另外，还有 1939 年成立，隶属于法国教育部的国家科学研究中心（Centre national de la recherche scientifique）。该中心的一个部门主要负责东方语言与文明的研究工作，并向全法国范围内的汉学研究者或合作研究者提供科学仪器、差旅津贴和出版物补贴，这一举措极大地改善了法国汉学研究学者们的研究条件。

除以上公立院校或研究机构外，巴黎还有一所成立于 1822 年的私立汉学研究机构：巴黎亚细亚学会（Asia Society France）。这所学会曾经有两任著名的汉学院长，分别是 19 世纪的雷慕沙和 20 世纪的伯希和（Paul Pelliot）。此外，该学会刊物为自 1822 年至今从未停刊的《亚洲学报》，该学报如今以整个法国东方学，尤其是中国学喉舌的地位享誉全球。亚细亚学会还拥有大量的汉文特藏书籍，捐献者是著名的汉学家沙畹和马伯乐。

在法国的外省地区，有着不输首都巴黎的汉学研究中心，典型代表为里昂大学和波尔多大学。里昂作为欧洲的丝绸商业中心，长期以来和中国保持着密切的商业关系。而里昂大学最早于 1900 年就开办了汉学讲座，并由曾经在中国、日本与朝鲜担任过领事的库朗（Maurice Courant）主讲。库朗既是一位汉学家，又是一位画家、音乐家，他对汉学的贡献主要体现在《中国古典音乐史论，附录有关朝鲜的音乐》（*Essai historique sur la Musique classique des Chinois avec un appendice relatif à la musique coréenne*）一书中，该书令他获得了 1913 年的儒莲奖。在法国本土之外，同样也出现了法国人设立的汉学研究机构。如 1900 年创立于越南河内的法兰西远东学院（École française d'Extrême-Orient）。该学院因 20 世纪 50 年代的越南战争而迁往巴黎，是法国一所专门研究亚洲文明的国家机构。学院研究范围涉及历史学、人类学、民俗学、考古学、艺术、文献学等，并于 1901 年开始出版《法国远东学院学刊》（*Bulletin de l'Ecole Française d'Extrême-Orient*），目前附属于巴黎文理研究大学。另外还有 1941 年创办于北京的中法汉学研究所，前身为《法文研究月刊》出版委员会，其经费主要来自中法庚子赔款余额。1953 年，该研究所迁往巴黎，一并带回了相当丰富的中文书刊，有力地促进了法国汉学的发展。

其次要谈到的是 20 世纪在法国汉学研究界大放异彩的学者们。正是在他们的不懈努力下，法国对中国文明的整体认识在 20 世纪前进了一大步。前章中未能展开说明的对象沙畹，是我们第一个要提到的重要人物。沙畹，是学术界公认的 20 世纪初全球成就最高的汉学大师，也是公认的法国汉学泰斗。他出生于里昂，接受了良好的法国高等教育，对 19 世纪流行的唯科学主义与唯历史主义熟稔于心，并在巴黎接受了汉语的教育。1889 年，沙畹作为法国使馆成员来到北京，立即着手开始了翻译工作。他接触到的第一部书籍就是《史记》，靠着惊人的毅力与执着的精神，仅一年时间，沙畹就完成了《史记》第一卷的翻译工作。三年内,《史记》的全篇得以译出。令人惊叹的是，沙畹的译作绝非简单的词对词、句对句。他的译本附有导言、详尽的注释与附录，考证严谨、涉猎广泛，成为整个汉学界的翘楚，至今无有能与之匹敌者。

1893 年，沙畹奉命回到巴黎，成为德理文在法兰西学院汉学讲座的继任者。在巴黎期间，沙畹的研究重心从中国转向了印度，但在翻译并研究印度历史相关资料时，古代中国又成了绕不开的一环。这期间他出版了《汉文三藏经中的五百个故事和寓言》(*Cinq cents contes et apologues extraits du Tripitaka chinois*)，该书成为研究古印度与古中国佛学和民俗学的重要参考资料。1907 年，沙畹返回中国，开始了在中国北方诸省的考古活动。这次活动历时十个月，期间沙畹收购了大批图书，拍摄了大批照片，获得刻石拓片数以千计。1909 年，他将资料整理成《华北考古记》(*Mission archeologique daus la Chine*）若干卷，至 1915 年陆续出齐，书中首次向西方学术界展示了大同云冈石窟和洛阳龙门石窟的珍贵照片，后来在欧美掀起的关于中国石窟艺术的研究热潮，与这部书的出版不无关系。

1918 年，沙畹病逝于巴黎，年仅 53 岁，现在看来正是年富力强，学术产出的高峰期。英年早逝，未免令人惋惜。但是令人惊叹的是他留下了那样数量庞大、涉猎面如此广博的著作，以至在有限的篇幅里，我们难以一一列举。他在汉学、碑铭学、古代文字学、中国西域学、西突厥历史学、地理学、考古学、中国古代哲学（尤其是道家思想）方面的成就，令人景仰，无怪乎沙畹与儒莲、戴密微并称为“汉学三杰”。

沙畹留给世界的遗产不仅是他等身的著作，还有门下三名传其衣钵的杰出弟子：伯希和、马伯乐（Henri Maspéro）和葛兰言（Marcel Granet）。

严格意义上来说，汉学研究只占据了伯希和学术研究的一部分。伯希和是法兰西远东学院最早的成员之一，他在越南逗留了很长一段时间，并在河内完成了自己的一部分对于古印度支那的考证工作。他的研究成果曾经掀起了关于东南亚历史与地理的讨论风潮。伯希和也曾跟随师尊的研究方向，在中国西域进行探险工作，并将诸多汉文文献从敦煌带回了巴黎。这批被带走的文献的数量之多尚可不去计较，但伯希和在敦煌等地粗暴的发掘工作，对中国来说无异于一场文化浩劫。在这场疯狂的盗掘中，精美的壁画被硬生生剥离，千年古佛的头颅被残忍地割下，这种行为与其说是出于学术研究，不如说是对中华民族文化和记忆的严重伤害。伯希和的行为令他汉学家的声誉蒙羞，在法国本土也遭到了指责。但是，伯希和凭着这些“研究成果”，成功地在法兰西学院开设了一个关于中国西域语言、历史与考古学方面的讲座，并跻身一流汉学家之列。

与伯希和不同的是，同为沙畹弟子的马伯乐以史学家的身份名垂青史。在其父亲加斯东·马伯乐（Gaston Maspéro）的影响下，马伯乐对东方萌发了兴趣，并于1908年出发前往法兰西远东学院，在那里一待就是十余年，系统地进行了关于越南人的民间宗教和村社生活方面的研究。通过越南文化这块跳板，马伯乐接触到了中国的历史学，并撰写了《唐代安南都护府疆域考》（*Le Protectorat général d’Annam sous les T’ang: essai de géographie historique*）。后来，马伯乐将研究重心转向了语言学，先是出版了关于汉语音位学研究的书籍，后立志还原古代汉语语音体系，完成了《唐代长安方言》（*Le dialecte de Tch’ang-ngan sous les T’ang*）一书，又撰写了《古代汉语的前缀和衍生》（*Préfixes et dérivations en chinois archaïque*）一文。其另有诸多作品阐述了中国道教思想的起源、发展与现状，填补了法国对中国道教问题研究上的空白。1944年，马伯乐被德国盖世太保以“恐怖活动嫌疑”的罪名关进集中营后遇难。20世纪50年代，他的遗稿由戴密微整理出版，取名为《中国宗教·历史杂考》（*Mélanges posthumes sur les religions et d’histoire de la Chine*），20年后，经康德谟（Maxime Kaltenmark）重新整理，并补遗出版，书名为《道教与中国宗教》（*Le Taoisme et les religions chinoises*），这些著作又被《不列颠百科全书》称为“关于道教的最优秀的先驱者的著作”。

沙畹的第三位弟子葛兰言又与前两位不同，他并非在历史学与语言学方面没有建树，而是更得名于社会学方面的杰出贡献。葛兰言曾于1911和1918年两次来到中国做实地调查，将研究成果撰写成了自己的博士论文《中国古代的节日和歌谣》(*Fêtes et Chansons Anciennes de la Chine*)。论文中描绘了中国古代节日中的民俗风情与《诗经》中诗的微妙关联，这种关联为中国文明的演变奠定了风俗、制度、思想的底蕴与品质。而葛兰言的另一本代表作《古代中国的舞蹈和神话》(*Danses et Legendes de la Chine Ancienne*)，则是对中国远古时代的社会组织、神话与宗教等神秘形式的一种尝试性的复原。另外，葛兰言还著有《中国人的思想》(*La pensée chinoise*)、《中国的文明》(*La civilisation chinoise*)、《中国的封建制度》(*Féodalité chinoise*)等一系列对中国古代社会制度与思想进行探讨的著作。葛兰言对中国诗歌的理解与诠释同儒家经典阐释截然不同，他的书中引用了许多祭祀鬼神和青年恋爱时唱跳的民族歌舞为证，力图说明中国古代诗歌本身的“纯洁性”，地方风尚与德行的形成与当地施行的“王政”并无关系。

20世纪下半叶，还有两位必须提到的法国汉学家，分别是戴密微和谢和耐(Jacques Gernet)。

戴密微最早专注于俄罗斯的语言与文学研究。在研习的过程中，他对中俄17世纪的交流史产生了兴趣，这使他开始在沙畹的指导下学习汉语，并同时学习了日语和古印度梵文。凭借着优秀的成绩，25岁的戴密微被提名为法兰西远东学院的学生。戴密微并没有受到无聊和清贫生活的影响，相反，他与越南的寂寞相得益彰，一边为法兰西远东学院的院刊撰写论文，在院刊上开辟了论述中国腹地与西藏地区关系的专栏，一边潜心研究中国的佛学资料。后来，戴密微来到北京，游历了中国的多处名胜，并前往厦门大学任教。不久，戴密微前往日本横滨，四年后应召回国。如此算起来，戴密微在远东旅居十年余。

马伯乐、伯希和和葛兰言陆续辞世后，戴密微俨然成为法国汉学界的带头人。他的著述颇丰，在远东期间主要研究佛教在东亚的传播，以及佛教宗门与教义的变迁史。之后，在大量史料与文献的冲击下，戴密微将治学转向了文化间互相撞击和影响的研究。戴密微是提出中印佛教之间的区别在于“顿悟”还是“渐悟”的第一人，同时指出印度佛教侧重“无修无证”，而中国佛教侧重真实与质朴。在取得佛学研究的硕果之后，戴密微表现出了对中国纯文学，尤其是中国古代诗歌方面极大的兴趣。他最喜欢的中国诗人是谢灵运，一位与他一样钟情于山水天地的诗人。戴密微尤其欣赏谢灵运诗中蕴含的庄禅思维，并多次在其作品中对法国人因不能欣赏中国诗而表现出的偏见与冷漠愤愤不平。戴密微编选有《中国古代诗词选》(*Anthologie de la poésie chinoise classique*)，晚年还尝试收集中国古代的遗世诗，辑成《中国临终诗集》(*Poèmes chinois d'avantlamort*)。可以说，戴密微对中国古诗的偏爱与同时代其他汉学家大异其趣。

20 世纪下半叶的另一位法国著名汉学家是谢和耐，他于 1949—1950 年两年间，求学于法兰西远东学院，并成为戴密微的杰出弟子。在法兰西远东学院求学期间，他还前往中国昆明一带进行了考察工作，后又于 1957 年、1966 年、1980 年、1985 年多次来华访问，并于 1974 年和 1980 年前往中国台湾，与海峡两岸的中国学者进行过学术交流。他的研究主要围绕以下几个方面展开。一是对敦煌学的研究。代表作是《中国 5—10 世纪的寺院经济》(*An Economic History from the Fifth to the Tenth Centuries*)，书中以社会学的视角，根据汉籍与各西域文书文本，分析了从南北朝到五代期间的中国寺院经济。在谢和耐之前，也曾有许多法国学者试图以敦煌史料为基础来研究佛教的寺院经济，但多数人使用二手资料进行研究，故而效果不尽如人意。而谢和耐曾参与对伯希和从中国窃取的敦煌文献资料详细目录的编写工作，亲手接触了包括碑铭和刻本在内的各原始材料与各类文献，因而取得了令人瞩目的研究成果。二是对南宋社会史的研究。谢和耐对宋元社会经济史的研究师从白乐日（Etienne Balazs），他选定南宋灭亡于元人之手前十数年的临安地区进行研究，描绘了当时汉民族的日常生活。对此，谢和耐研究范围较广，包括城市与社会、衣食住行、四时节令、消遣生活等各个方面，关注到了许多前人未曾留意之细节。三是对中国与基督教关系史的研究。谢和耐和其他关注中国与基督教关系的汉学家不同，他另辟蹊径，放弃了治史，转而重点研究中国人在基督教入华传播后的反应。谢和耐总结认为基督教没能成功地扎根中国，原因在于基督教总是试图改造中国人的思维方式与传统习俗，而不是去适应这个古老的东方文明。相关著作与论述包括《中国与基督教——中西文化的首次撞击》（*Chine et christianisme - la première confrontation*）、《利玛窦的归化政策和1600年左右中国文化生活的演变》（*La Politique de conversion de Matteo Ricci en Chine*）、《17世纪的基督徒和中国人的世界观》（*La vision du monde des chrétiens et des Chinois au XVIIe siècle*）和《基督教在17世纪的中国的同化问题》（*L'assimilation du christianisme dans la Chine du XVIIe siècle*）等。此外，谢和耐对中国科技史、思想史和社会史也颇有研究。总体而言，谢和耐在汉学研究工作上起到了承前启后的作用，他的老师戴密微复苏了“二战”后的法国汉学，而谢和耐的研究则使法国汉学迈上了一个新台阶。

最后，我们要谈到20世纪的法国终于出现了对中国纯文学的深入研究这一情况。20世纪上半叶，法国汉学界在沙畹、马伯乐等人的带领下，交出了自16世纪以来汉学在旧研究模式下的完美答卷，并将新发展的接力棒递到了戴密微手上。而戴密微亦不负众望，在1966年于日本京都的一次报告会上指出：“相对缺少哲学和美学的兴趣、对文学的忽略、已成为任何恰当比较研究之障碍的欧洲优越感，这一切都是20世纪目前的特征。必须等到我们的所有传统都被20世纪的世界大战动摇时，才能使一种对待中国的新态度应运而生。”这段话想说明什么呢？事实上，戴密微的发言既是总结，也是新的观点。所谓总结，指的是戴密微认为20世纪上半叶的汉学研究集中在历史、哲学或社会学等领域，忽略了美学与纯文学的趣味。而新的观点，则是他认为在“二战”之后，应当把研究的目光调整到对中国纯文学领域的研究上来。这既是戴密微的观点，事实上他也用实际行动践行着自己的观点。他将中国文学以综述的方式介绍给欧洲人，主持了《中国古代诗词选》的编纂工作，将中国山水诗鞭辟入里地加以分析，连同诗人谢灵运的杰作一起带给了法国。在他的倡导之下，法国对中国纯文学的研究开始了。

然而，随着1953年北京汉学研究所的关闭，曾在中国度过他们一生中大部分时间，并立志像戴密微一样投身于文学研究事业的法国汉学家，诸如译有《聊斋志异》《长恨歌》等作品的德莫朗（George Soulié de Morant）、将《红楼梦》介绍到法国的铎尔孟（Andre d'Hormon）等，不得不结束了自己对中国文学的直接观察与切近研究。到1957年，法兰西远东学院从河内撤回巴黎后，官方对仍在远东地区进行研究的法国汉学家们的帮助就更微乎其微了。在这种情况下，仍有艾弗诺尔（Louis Avenol）的法译本《西游记》和利高（Louis Rigaud）的《三国演义》问世。

20世纪50年代末，“汉学”（Sinologie）一词在法国被赋予了一种奇怪的印象。一谈到汉学，人们仿佛在议论一种已经僵化并过时了的研究。汉学被认为只是研究古代中国的一种流派。至于近代甚至当代中国，则不在汉学的研究范围之内，对中国文学的研究也概莫能外，法国学者们普遍侧重对中国古代文学的翻译与研究。

首先从诗歌说起。前文已论述了葛兰言从社会学角度出发为法国人认识中国古代诗歌做出的贡献。沙畹对唐诗的贡献也自不必再提。20 世纪研究中国诗作的杰出代表还包括程抱一、桀溺（Jean-Pierre Diény）、吴德明（Yves Hervouet）、侯思孟（Donald Holaman）、纪亚马（Patrica Guillermaz）、梁珮贞、露阿（Marcelle Loi）、雅各布（Paul Jacob）等人。

程抱一在硕士研究阶段就已经展露出其在中国古诗研究方面的天赋了，其硕士论文《张若虚诗之结构分析》（*Analyse formelle de l'oeuvre poetique d'un auteur des Tang Zhang Ruo-xu*）以结构主义视角成功分析了中国古诗的形式特征。而他的另一部作品《中国诗语言研究》（*L'ecriture poetique chinoise*）留待本书的第四章再进行讨论。桀溺的研究兴趣最早集中在中国的乐府诗，著有《古诗 19 首选》（*Les Dix-neuf Poimes anciens*）、《中国古典诗歌渊源：汉代抒情诗研究》（*Aux origines de la poésie classique en Chine, étude sur la poésie à l'époque des Han*）及《牧女与蚕娘，论一种中国文学的题材》（*Pastourelles et mag-nanarelles, Essai sur un thème littéraire chinois*）等。而吴德明则侧重对中国"赋"的研究，他的研究对象是汉代的司马相如，围绕其人发表了一系列论文，如《汉代宫廷诗人——司马相如》（*A Royal Court Poet of the Han Dynasty: Sima Xiangru*）等，以此观察赋体文学的文体特征及发展流变。侯思孟则将研究对象继续后推数百年，围绕晋代竹林七贤，尤其是阮籍和嵇康，来完成他对中国诗的研究。著有《嵇康的生平与思想》（*La vie et pensée de Hi K'ang*）、《诗与政治：阮籍的生平与作品》（*Poetry and Politics : The Life and Works of Juan Chi*）和《竹林七贤和他们所处时代的社会》（*Les sept sages de la forêt des bambous et la société de leur temps*）。侯思孟非常擅长将作家、作品放到其时代境遇中去考察，故而能准确把握作品的真实含义，还原作者在创作时的真实心理，可堪“知人论世”。纪亚马作为汉学研究领域少见的女性学者，非常喜爱中国诗歌，在 20 世纪 50 年代末期出版了两卷中国译诗，一卷关于中国古代诗歌，另一卷则是中国近代诗作。其译诗曾以措辞优美而流行一时，可惜已经绝版。

梳理至此我们不难发现，当时的法国汉学家们多选取某一诗人的某些诗作进行翻译汇编，少有将工作重点放在对某一诗人诗作全集的通译工作上来。李清照是第一位全作被译出的诗（词）人，译者虽然是中国学者梁珮贞，但法国女汉学家露阿对《李清照诗词全集》在法国的出版给予了很大帮助。一为中国古代女词人，一为中国现代女学者，一为法国现代女汉学家，如何能不说这部全集是在女性的力量与通力合作之下完成的呢？第二位作品得以全译的诗人是陶渊明。《陶渊明全集》的译者雅各布花了近 20 年的时间才将陶渊明的作品全部译出。此外，他还选译了部分李白的诗歌和部分带有佛禅意味的唐诗。在雅各布的译诗中，读者很容易发现他在翻译上的癖好：将汉语的格律译成亚历山大诗体，以求押韵。此外，还有其他汉学家在这一阶段尝试翻译了苏轼、王维、白居易等中国诗人的诗作。

其次是戏剧、小说与散文的翻译和研究。19 世纪，巴赞和儒莲是中国戏剧翻译与研究领域的领先者。然而 20 世纪以来，直接阅读剧本的读者人数已远超戏剧的观众，虽然还有部分法国汉学家在元杂剧的天地里小心耕耘，但戏剧这一文学题材已经不可避免地式微了。至于小说，法国人很早就发现，中国散文或小说中的注释、解说、轶闻和评论远比作品本身更吸引人注意。出于这个原因，谢和耐将唐甄的《潜书》翻译成包含一个个小故事的作品也就不足为奇了。此外，赫美丽（Martine Vallette-Hémery）的论文《袁宏道之文学理论与实用》（*Yuan Hongdao, Théorie et Pratique Littéraires*）以袁宏道为例，对中国的散文形式做了总结与类比分析。此外，颇受法国人欢迎的还有《影梅庵忆语》《浮生六记》等一系列作品。但法国人最感兴趣，阅读量最高的，还属中国的志怪小说。谭霞客（Jacques Dars）的《太平广记》、马蒂厄（Rémi Mathieu）的《搜神记》、雷威安（André Lévy）关于唐传奇的故事集、吴德明及陈家明（Camille Chen）关于《聊斋志异》的部分译文都是志怪小说译作的杰出代表。

到20世纪90年代初，中国的诸多古典小说都拥有了法译本。虽然中国的长篇小说在法国受众面不广，但还是有艾弗诺尔译出了《西游记》、利高译出了《三国演义》、帕维（Théodore Pavie）自满文版转译了三分之一篇幅的《三国演义》、谭霞客译了《水浒传》、铎尔孟和李治华为《红楼梦》的译本付出了巨大的努力、张复蕊（Tchang Fou-Jouei）则译了《儒林外史》……此外，还有《老残游记》《九命奇冤》《孽海花》《九尾龟》《金瓶梅》《清平山堂话本》等一系列古典作品得以译出。更近一点的，还有鲁迅、老舍、严歌苓、莫言、苏童等人的作品在法国小范围流传开来。

新时代以来，或许是为了破除“汉学是僵死的学问”这一颇带有旧时代色彩的说法，法国汉学界开始对中国现当代文学进行全方位观照。中国文学在法国也走向了截然不同的命运。第一，法国汉学家不自觉地将政治因素加入对中国现当代文学的考量中。第二，法国汉学界把中国现当代文学视为反映中国社会现状的一面镜子。在这种心态下，法国学者在介绍中国现当代文学时，优先选择译出那些反映中国社会问题、揭露社会阴暗面的作品也就不足为奇了。我们不得不在中国本土寻找造成这种状况的原因：长期的封闭政策导致法国乃至整个西方无法了解到中国的真实国情，于是对于“问题小说”的选择也就顺理成章了，如张洁的《沉重的翅膀》，便作为“中国国情与社会现状之一手资料”而摆在了法国学者的案头。第三，法国学界更关注中国现当代文学中反映出的“人的价值”问题。对人性、人的尊严、人的社会属性与自然属性之间的矛盾的研究，这本就是自文艺复兴后，法国人文主义者对文化研究的一种长期价值取向。中国作家在20世纪60—70年代受到了罕见的磋磨，“劫后余生”的作家们究竟会怎样书写这一段经历？法国学者多数以此为切入点，来寻找“人之价值”问题的答案。对巴金、老舍、艾青、周作人、李健吾等人的介绍与研究，从对他们的命运的关切上升到对他们的作品的关注，都属于这一研究范畴。

至此，本书已经拉杂从16—20世纪谈了许多。在这四百年的风云变幻里，中国有过开放的时代，也有过自我锁闭的阶段，但幸运的是，这些小插曲都没有减退法国研究中国、认识中国的热情。从心理学角度来说，越禁闭的事物越能引起人们的好奇，人们对它的探知欲也就越强烈；从文化角度来说，中国五千年的、从来不曾间断的文明无论如何都是世界各文明中的特别存在，任何力量都无法遮掩、遏止中华文明的光辉与生命力，这也是法国学者始终被中国所吸引的原动力之一。在新时代，任何学科都需要新的格局、新的姿态，法国对中国的认识也需要迎接时代的新挑战。中国，通过文学这一方式，从节译、改译到全译，从阐释、深究到批评，从碎片到完整，以这些形式形成新的语言、新的作品、新的精神产物，从而进入法国这一片异域土壤并成为法国文学中流光溢彩的一部分，使我们今天在阅读法国文学作品时，常常能从中看到各类“中国小像”。今天我们将这些“中国小像”略作拾慧，也当算是在新的格局下中法文学交流的一种新的姿态吧！

第二章

法国戏剧中的中国小像

相较于诗歌与小说，中国的戏剧更早进入法国人的视野，并在 18 世纪为法国大众所普遍接受。其受众面之广、得赞誉之多、获效仿之众，多亏了旅华耶稣会士们所做的译介工作。今天我们能读到的最早的中国戏剧译本，应是收录在 1735 年让·巴普蒂斯特·杜赫德（Jean Baptiste du Halde）编纂的《中华帝国全志》（全名《中华帝国及其所属鞑靼地区的地理、历史、编年纪、政治及博物》，*Description geographique, historique, chronologique et, plysique de L'Empire de La Chine et de la Tartarie Chinoise*）一书第三卷的元杂剧《赵氏孤儿》（*L'Orphelin de Tchao*），译者是耶稣会士马若瑟。

在马若瑟的翻译工作之前，虽然以中国为背景，或是以中国为主要题材的戏剧在法国戏剧舞台上尚属罕见，但毋庸置疑，法国的舞台上已经出现了许多中国的元素。较为知名的有勒萨日（Alain René Lesage）1723 年的剧作《巴白、空塔与医生》（*Alequin Barbet, Pagode et Médecin*）和完成于 1729 年的《中国公主》（*La princesse de la Chine*）。然而，这些剧作只是借用了一些当时时髦的中国名词作为戏剧的外壳而已，内里其实全无真正的中国文化和基本的中国常识。中国社会究竟如何，中国人的举止礼仪究竟如何，都不在剧作家们的考虑范围内。他们只关心如何表现中国人的"滑稽"，以便更好地达到喜剧效果。出于讨好观众的目的，扮演中国人的演员们往往也表现得笨手笨脚，穿着他们想象中的中式服装（这种舞台服饰实际上更倾向于中东地区的服饰，比如戴着巨大的缠头，穿着宽阔的、竟然有左右两衽的土耳其袍子等）、配着意大利式的高亢伴奏、踏着西式的圆舞曲舞步，在舞台上极尽逗乐。对于中国人的本来面貌，他们知之甚微；对于中国戏剧的表现形式，他们不求甚解。故而马若瑟别出心裁、与众不同的《赵氏孤儿》之译作刚一面世，立刻引起了法国文学界的轰动；而之后伏尔泰在马若瑟译作的基础上发挥了新的、合理的想象力与创造力，由此创作出来的《中国孤儿》（*L'Orphelin de la Chine*），其中对中国式的忠君思想、爱国精神以及儒家文化的褒赞，就更显得格外难得了。

虽如此，但无论是马若瑟还是伏尔泰，都仅仅是醉心于中国文化而已，他们对中国戏剧艺术其实都缺乏深刻的了解。而他们所代表的最初的中国与法国戏剧的交流与碰撞，实际上是在一种充满了误解的大前提下完成的。比如，马若瑟在翻译《赵氏孤儿》的过程中，罔顾中国戏剧"曲白相生"的特征，将人物唱词全部删除，理由仅仅是："这种唱词不易理解，对欧人来说更是晦涩难懂，因为其中富含我们所陌生的隐喻，其修辞法也是我们难以领会的。"[1]在大幅删削唱词后，马若瑟留给我们的仅余干巴巴的故事梗概，人物形象、心理活动甚至是剧情的发展都大打折扣。马若瑟的这一做法，恰好体现了中法戏剧文体的不同。如果说中国古典戏剧在于用唱词来抒情，那么法国传统戏剧则更侧重对故事本身的叙述。

不仅译者对中国戏剧有误解，法国的批评家们对中国戏剧也产生了文化差异下的误解。比如，法国学者布瓦耶·德·阿尔让（Boyer d'Argens）在其著作《中国人信札》（*Lettres chinoises*）的第 23 封信中就表达了对中国戏剧

[1] 钱林森．法国汉学家论中国文学——古典戏剧和小说［M］．北京：外语教学与研究出版社，2007：引言Ⅰ．

"曲白相生"的不赞成，认为唱歌和对白不应该"奇奇怪怪地纠缠在一起"。同时，信奉新古典主义的他认为《赵氏孤儿》中对"三一律"的破坏是这部戏剧失败的根源。他也不赞成在舞台上出现"公主自戕""屠杀全城"这种"可怕的行为"。总体而言，以阿尔让为代表的法国戏剧批评界以西方戏剧标准为标尺来评判中国戏剧，这种行为既不恰当，也导致中法文明在交流过程中产生了诸多误解。

第一位对中国戏剧进行扎实研究，试图冲破误解，向法国戏剧界强调"曲"与"白"同样重要的法国学者还要等到近一个世纪后才出现。他就是前章中我们多次提到的儒莲。1832 年，儒莲通译了《灰阑记》(*Hoeï-Lan-Ki, ou L'Histoire du cercie de craie*)，在译本序中，儒莲强调了唱词的重要性。他向法国介绍中国戏剧其实是由两个同等重要的部分，也就是对白和唱词，共同组成的。法国人暂时不能理解的那些咏叹调，其实是风格高雅的诗体文学。如果把这些诗作删去不译，那么不但全剧本要删减四分之三的篇幅，而且最扣人心弦的部分也将随着删削而消失。基于此立场，儒莲尝试完整地翻译了每一本交到他手中来的中国戏剧，无论是 1834 年重译的《赵氏孤儿》，还是 1872 年的《西厢记》(*Histoire du Pavillon d'Occident*)，他都尽量一字不差地对原作进行全译。近年来，又有法国汉学家蓝碁（Rainier Lanselle）重译了《西厢记》，并交巴黎美文出版社（Les Belles Lettres）出版，该译本的质量非常高，2015 年被纳入了法国新世纪重要汉学译丛"汉文法译书库"(Bibliothèque chinoise)。

儒莲的学生巴赞可称为第二位努力将中法文学交流在戏剧领域推向前进的法国汉学家。他不但能译，更能评。为了打破法国各界对中国戏剧的误解，巴赞著有《中国戏剧选》(*Théâtre chinois ou choix de pièces de théâtre*)

一书。书中既有《㑳梅香》《合汗衫》《货郎旦》《窦娥冤》四部元曲的译本，更在前言部分着重介绍了中国戏剧的历史、各朝代的流变及特色，强调了中国戏剧之精华在于唱词。唱词并不游离于戏剧之外，而是故事情节的重要构成和人物情感的重要补充。同时，巴赞提出了一个新的观点：哪个角色在舞台上唱作，哪个角色就是这一幕戏剧的主人公。这和欧洲的古典主义戏剧对于主人公的定义完全不同。比如,《西厢记》的主角当然是崔莺莺和张生，整个故事的主线也围绕他们的爱情发展展开。然而在第四本第二折《拷红》一节，伴随着红娘的幽幽唱词，谁又能说此时在台上唱着的红娘不是主角呢?总而言之，巴赞对中国戏剧中唱词重要性的一再强调，表明了他对中国戏剧的特征及其与法国新古典主义戏剧的区别了解得比较透彻。法国戏剧界对中国戏剧的误解，也随着时间的推移慢慢得到了更正。

20世纪以来，法国戏剧界对中国戏剧的认识和接受走入了一个相对平稳的发展期。既无像马若瑟那样随心删削的事件，也没有像阿尔让那样对中国戏剧通体痛批的批评家，更没有像儒莲和巴赞那样努力为中国戏剧正名的卓越汉学家。但是，我们仍然可以读到若干被翻译为法文的元曲作品，如《黄粱梦》《汉宫秋》等。翻译活动虽然沉寂了，但戏剧交流与对话仍在进行。这种交流上的平稳发展主要表现在两个方面。第一，法国汉学界开始研究中国戏剧的结构与范式。德莫朗在《中国近代戏剧和音乐》(*Théâtre et musique modernes en Chine*)一书中考察了音乐在中国戏剧中起到的不可替代的作用，他认为中国戏剧中角色登场时以唱作来自报家门的表演方式，其实是中国戏剧最重要的，也是最鲜明的特色之一。德莫朗还认为，中国戏剧在表演过程中极少切换舞台布景，甚至是没有布景。在这种情况下，唱曲就起到了补充背景的作用：表现骑马远行、喝水吃饭都有固定的唱作形式，这正是“虚实相生”的艺术概念在舞台表演上的具化体现。在触及“虚”与“实”的概念后，法国研究者们对中国戏剧的研究又往前进了一大步，他们开始试图将老庄哲学、道家思想与中国戏曲相结合。也就是开始使用《道德经》中的“无”与“空”作为理论基础，去研究中国古典戏剧中的“涵虚”之来源。从对美学的追寻，走向对哲学的思考，这正是法国学界历来的研究手段与特征。第二，法国汉学界开始回溯历史，对18世纪中法戏剧史上的接触与“误解”做出总结与反思。艾田蒲（René Etiemble）正是其中的代表人物。在他的成名之作《中国之欧洲》中，他借伏尔泰的《中国孤儿》，详细铺陈了18世纪中法戏剧交流中的种种误解。既还原了中国《赵氏孤儿》的真面貌，又介绍了马若瑟版本的《赵氏孤儿》与原作的不同之处，还总结了马若瑟版本的优劣。此外，他还提出之所以伏尔泰对《赵氏孤儿》评价不高，原因就是马若瑟对作品的不恰当删减。又及，从跨文化审美和哲学角度来看《中国孤儿》与《赵氏孤儿》的共通与异变等。总体而言，20世纪法国汉学界对中国戏剧的研究表现出一种向东方哲学整体倾斜的鲜明态度。幸运的是，澄清了18世纪的误解之后，法国汉学界对中国戏剧的研究更加客观，也更深化了。在接下来的篇幅中，本书将以伏尔泰的《中国孤儿》和蓝碁译《西厢记》为例，证明文学的融合正是法国汉学研究进步在文学作品中留下的鲜明印记。

一　改头换面的“赵氏孤儿”——伏尔泰之《中国孤儿》

伏尔泰在《中国孤儿》的作者献词中对当时手握大权的黎塞留公爵

（Armand-Jean du Plessis do Richelieu）极尽谄媚之词，他是如何希望借自己这部从《赵氏孤儿》改编来的剧作赢得当权者的欢心的，此处暂且不表。我们只是从其中单纯看伏尔泰对《赵氏孤儿》及中国的评价，就足以叹息了：伏尔泰认为《赵氏孤儿》的剧本趣味横生、变化多端，却又明白晓畅；但是，剧本缺乏对“三一律”的基本尊重，时间与剧情缺乏统一，情感得不到发挥，没有描绘风俗，理性与热情也没能共存。至于中国，伏尔泰感叹，这曾经是伟大的文明古国，拥有在“诗、雄辩、物理、天文、绘画”等各方面领先的成就，却一直停滞在基本的知识面上，本来有能力比别的民族更接近现代文明，但后来却没有任何进步。伏尔泰叹息道：“这些中国人，我们要把欧洲的金钱送给他们，要来教导他们，都那么不容易得到他们的允许，他们还不知道我们在哪一点上比他们更胜一筹哩；他们实在不够进步，连模仿我们的胆量都没有。我们已经在他们的历史里汲取了些许悲剧题材了，而他们竟然还不知道我们是否有历史。”[1]

今天看到这样的论述，我们难免不为之气结。以《赵氏孤儿》在法国的传播与流变为例，以下篇幅将分成窥见、对比、同奏三个部分，以对伏尔泰等人之观念的形成进行梳理与衍发。

（一）透过《赵氏孤儿》以窥中华民族之精神

元曲《赵氏孤儿》取材于历史。春秋时晋国上卿赵盾遭将军屠岸贾灭族，唯留赵氏遗孤。为绝后患，屠岸贾誓要搜捕遗孤。赵盾门客程婴与大臣公孙杵

---

[1] 范希衡，转译自 1877 年巴黎加涅书局出版的《伏尔泰全集》戏剧第四册。

臼"以子换孤"，救出孤儿。孤儿赵武长大后，尽知冤情，于是诛杀屠岸贾，为全家报仇。故事一波三折，惊心动魄，善与恶、忠与奸、美与丑在戏剧中轮番上演，"仁爱""忠义""重诺""轻死"的传统儒家精神成为剧中人物精神的主旋律，同时也折射出了中华民族强烈的道德意识与对牺牲精神的肯定。

《赵氏孤儿》经马若瑟神父传入法国后，又被伏尔泰改编为《中国孤儿》、意大利梅塔斯塔斯改编为《中国英雄》，另外还有英国哈切特（William Hatchett）、默菲（Arthur Murphy）改写版及波兰伏尔泰勒（Fuertaile）改编版。可谓一改再改，一编再编。改编之多，堪称中国戏曲西传之最。为何马若瑟从《元人百种曲》中独挑《赵氏孤儿》进行译介？又为何被挑出的剧作在欧洲译者、学者中引起了全方位的共鸣与传唱？可以肯定的是，在马若瑟等人读到《赵氏孤儿》时，不只是荡气回肠的故事情节，还包括这篇故事中所蕴含的中华民族精神，强烈的道德与爱国情怀，都深深地吸引了他们的注意。在窥见并认同其中蕴含的精神价值的前提下，译介活动如火如荼地在18世纪"中国热"的大背景下展开了。

当裹挟着民族特有精魂的文化跋山涉水来到异域，并被异族文明所接受，必定是其内在审美价值为其他文明所认识、欣赏，并发挥出了自身的审美功能，以此获得了在异文化中的复苏与发扬。作为中华文明的典型代表，《赵氏孤儿》中的思想与美学价值能够为法国所接受，首先得益于法国译者们的发现与欣赏。但是，正如鉴赏力与理解力不可能一蹴而就一样，文学移植需要通过翻译来完成，而翻译往往无法传达出原作全部的精魂。马若瑟就第一个在这上面栽了跟头。因为对中华文化的理解力有限，他的译作删去了《赵氏孤儿》的全部唱词，由此产生的美学落差也就在所难免了。事实上，一旦失去在马若瑟看来可有可无的唱词，法译版《赵氏孤儿》就立刻丧失了元曲《赵氏孤儿》中特有的韵律、抒情以及大部分审美属性。尽管如此，我们到底还是可以从马若瑟版《赵氏孤儿》中看到整个故事的框架得以保留，剧情的发展脉络尚属完整，原作弘扬的强烈的道德观念也未经篡改。故而我们可以对马若瑟的翻译工作下一个小的结论：他虽然对元曲不甚了解，也无法欣赏元曲在戏剧表现形式上的艺术特征，但毕竟马若瑟还是通过《赵氏孤儿》窥见了中华民族的民族精神，并对其中蕴含的道德价值加以肯定与放大了。

法国对《赵氏孤儿》的第二轮接受是由杜赫德完成的。在读过马若瑟译本后，杜赫德将其收录入了自己编撰的《中华帝国全志》第二卷中。本来马若瑟的译本就存在漏译与误译，读起来似美人如花隔云端，而杜赫德建立在马若瑟译本基础上的二次理解与阐释，就与原作本意发生更大的偏差了。杜赫德总结评论认为，马若瑟的删削是正确的，因为舞台人物在对话中突然穿插歌曲的部分，会显得格外突兀和尴尬。但是，杜赫德通过不完整的译本，同样发现了中国戏剧中蕴含的民族精神并加以肯定，认为这具有一种寓教于乐的审美功能。杜赫德还认为，之所以在《中华帝国全志》中收录《赵氏孤儿》，把这个古老的中国故事介绍给法国人，是希望自己的同胞感受道德的力量，而不仅仅是被“新奇”或是“思古之情”所吸引。

在审美方面有着较高鉴赏力，对中国文化又天然充满了兴趣，伏尔泰几乎是顺其自然地接过了马若瑟和杜赫德译介活动的接力棒。在阅读过被肢解的《赵氏孤儿》后，伏尔泰虽然觉得这部作品缺乏艺术魅力，仅有故事框架，却无抒情之美，但还好已经足够明白晓畅，且伏尔泰对其中蕴含的中国传统道德精神喟叹不已。此时的伏尔泰虽然仍对中华文明充满研究的兴趣与喜爱，但亦对近代踟蹰不前、毫无发展可言的中国文化颇有微词。伏尔泰会提起笔来进行改写，一方面的确出于他对中国不忍捐弃的喜爱，他认为马若瑟的《赵氏孤儿》缺乏符合法国人审美取向的艺术美，故而决定对其加以改编，赋予《赵氏孤儿》新的血肉。另一方面，《赵氏孤儿》中的现实意义为伏尔泰所发现，并获得了他极大的认同。也就是说，伏尔泰认同《赵氏孤儿》中所蕴含的道德美，并发现这种理想道德恰是法国在他自身所处的时代中所缺失的精神。作为 18 世纪启蒙思想家，伏尔泰一来借《赵氏孤儿》发现了中国具备他理想中的那种完美的道德品质与奉献精神，二来借《中国孤儿》为批判武器，嘲讽着当时法国社会从精英阶层至底层人民普遍存在的道德溃退。换言之，伏尔泰的《中国孤儿》，既是对中国古代道德文明回归的呼唤，又是对现实社会强烈的讽刺。法国观众在欣赏完伏尔泰这出改编剧后，难免产生"今不如古"的无奈与羞愧，而这正是伏尔泰煞费苦心希望达到的讽刺效果，也是伏尔泰将《赵氏孤儿》改编为《中国孤儿》的内在原因。

无论是马若瑟、杜赫德还是伏尔泰，他们的共同点在于对中国戏剧，尤其是元代杂剧有着原始的误解，他们不能理解唱曲的重要性，也就使元曲失去了一半的精魂。但值得肯定的是，他们三人对中国戏剧中蕴含着的丰富思想与道德情怀有着相当敏锐的鉴赏力，这就使像《赵氏孤儿》这样优秀的剧作不至于湮没在中法文学交流的长河中。可以说，透过《赵氏孤儿》可窥中华民族之精神，而中法戏剧文学之间此番碰撞与融合，则成全了对这种精神的认同。

（二）透过《中国孤儿》对比中法道德之魂

伏尔泰深深感到《赵氏孤儿》在叙事上的无力与情感带动力上的不足，于是执笔改编了带有伏尔泰式鲜明特征的《中国孤儿》。在这里，我们需要一再强调的是，造成伏尔泰误解《赵氏孤儿》的重要原因之一不在于伏尔泰本人的艺术鉴赏力，而在于他读到的译本是不完整的删削版。假使伏尔泰一开始读到的就是与汉著并不相悖的全译本，那么也许他笔下的《中国孤儿》又会是另一个样子，又或许《中国孤儿》是否存在也未可知。无论如何，今天我们看到的、出自伏尔泰笔下的《中国孤儿》，其象征意义已远大于现实意义。也就是说，伏尔泰的这部作品的真正意义在于其成就了中法戏剧文学的首次交融。透过文本，我们能看到伏尔泰对中法道德之魂差异化研究做出的种种努力，也能看到他按照法兰西民族的审美范式对原作做出的种种改造。具体说来，伏尔泰在对比中法道德精魂后做出的改造可归纳为以下几点。

伏尔泰对《中国孤儿》进行了符合古典主义“三一律”的情节重塑。《中国孤儿》整个故事的情节可以概述为：成吉思汗占领北京后，发现走脱了一位前朝遗孤。南宋遗老，一位忠心的臣子尚德藏起了曾经的皇子，而献出了自己的孩子以身代之。孩子的母亲伊达梅不忍亲子牺牲，挺身而出，求见成吉思汗乞求代子受过。偏偏成吉思汗与伊达梅多年之前有过感情纠葛。念旧的大汗希望以纳伊达梅为妃作为宽恕遗孤的条件，却遭到伊达梅断然拒绝。尚德与伊达梅宁愿引颈就戮，也不愿违背心意服从于成吉思汗。最后，成吉思汗感动于二人高洁的品德，不但释放了二人，更赦免了皇子死罪，最终皆大欢喜。

《赵氏孤儿》法文版虽经改编与删削，但其中基本的“弄权”“作难”“搜孤”“救孤”“隐忍”“报仇”等环节却一个不少。伏尔泰认为这些环节纷至沓来，令人目不暇接，且每个环节都带有自己鲜明的矛盾与主题，剧情复杂、时间拖沓，不符合古典主义“三一律”，即“时间、地点、情节”一致性的原则。特别是其中屠杀全族、绞杀全城、公主自戕之类的情节，不符合伏尔泰理性主义的审美趣味。于是，为了迎合“三一律”，在《中国孤儿》中，伏尔泰大幅度删减了原有情节，只保留了“搜、救孤”两个部分；再将原作跨度长达十数年的情节，压缩到一昼夜之间完成；改动最大的当属故事发生的时代，伏尔泰将春秋时期往后推延至了成吉思汗的时代。这很难说究竟是《赵氏孤儿》的创作年代给了他灵感，还是说他为了迎合法国人当时对中国朦胧的品鉴口味——蒙元人的强大与西侵的铁蹄给他们留下了远比中国其他时代带给他们的深刻得多的印象。这样的改编在情节、时间、地点上都符合了欧洲古典戏剧的“三一律”，既保留了中华民族儒家文化中讲求的“忠君”“烈女”“不屈”的道德精魂，也符合了法兰西民族一贯的审美范式。

伏尔泰通过《中国孤儿》暗喻了戏剧矛盾在于“归化与反归化”。在原作《赵氏孤儿》中，戏剧的矛盾有以下几点：一，赵氏与屠氏两家之间的世仇；二，赵氏的忠烈与屠氏的奸猾；三，屠岸贾的咄咄相逼和程婴、公孙杵臼的隐忍退让；四，屠岸贾的杀孤和程婴、公孙杵臼的救孤。这些矛盾集中表现为戏剧中代表着善与恶的两股力量，也是全剧的思想精华所在。而伏尔泰改编的《中国孤儿》则巧妙地转化了矛盾的性质。他要表现的不是国家内部臣子之间的不和与政治斗争，而是将视角放大，扩张至两个民族之间的存亡之争。南宋遗孤象征着汉家所推崇的儒学文化与思想，而这种克己复礼的礼教思想正是伏尔泰最为推崇的“理性主义”在东方的观照。象征着野蛮与蒙昧文明的成吉思汗要诛杀遗孤，实际上就是要诛灭伏尔泰心中的理想道德，也就是要使整个儒家文明屈从于元蒙时代的新秩序。如果说成吉思汗的举动是为了归化整个汉民族，那么尚德夫妇“救孤”的做法则是为了“反归化”。尚德夫妇恳求成吉思汗手下留情，并不是为了孤儿长大之后报仇雪恨，而是尽力在保存汉文化的火种。于是,《中国孤儿》的立意得以升华为征服民族与被征服民族之间的归化与反归化，成为文化与文化之间的斗争。

伏尔泰在剧作中不止一次地安排了“归化与反归化”这组矛盾的出现。比如，在叙述伊达梅与成吉思汗两人之间的关系时，伊达梅曾经想用汉文化的礼教与道德驯服成吉思汗，使他归化中国，而最终的失败导致了他们二人的分开。当他们再度相遇，成吉思汗又想用权力征服伊达梅，使她归化鞑靼，而最终却为她所教化，接受了伊达梅所代表的汉文明道德。多次安排同一矛盾以不同的形式出现，可以加强戏剧冲突，加深观众对剧作家想表现的戏剧矛盾的印象。

那么，伏尔泰为什么要把戏剧矛盾强化为民族与民族之间的矛盾呢？回到伏尔泰所处的时代，或许更容易发现问题的答案。难道说十八世纪的法国与中国，没有上演着真实版的“归化与反归化”吗？事实上，当时中西交流的重心，正向着文化与文化之间“谁服从谁”这个问题而倾斜，不然也不会爆发旷日持久的礼仪之争了。很明显的是，当时的中国并没有文化侵略的野心，闭关锁国的清政府满足于江河日下的一亩三分地，既不向西方学习，甚至也不允许西方人做自己的老师。但是与之相对应的是雄心勃勃的欧洲，他们的耶稣会士借着天文、数学与各种艺术的造物，一步步试图进行文化倾销。试想如果文化倾销成功，不就是中国文明向西方文明“归化”了吗？热爱着东方文明的伏尔泰，面对懵然不觉的中国，是否也颇有一种哀其不争的叹息？而他将这种潜意识里的心理情感投射到自己创作的作品中，也就不足为奇了。或许，安排“归化与反归化”这样尖锐的戏剧冲突在《中国孤儿》中一再出现，是伏尔泰在心理暗示下对比中法道德内涵的一次尝试。

伏尔泰将《中国孤儿》的结局从善恶有报改编成了和解悔悟。在原作《赵氏孤儿》中，戏剧以孤儿赵武洗刷家门冤屈，诛杀奸臣，为全家报仇为结局。有赵家三百余口被屠在前，虽最后大仇得报，但无论如何这个结局称不上皆大欢喜。观众在观看戏剧演出或是读完剧本后，内心深处善恶有报这一概念得以强化，正义必定战胜邪恶的道德观得以满足，于是，虽有唏嘘，但情感与精神上还是得到了双重慰藉。而伏尔泰作《中国孤儿》时，考虑到“满门屠戮”等血腥暴力情节并不适合在舞台上演，更不符合欧洲古典主义戏剧对典雅范式的要求，故而对此情节进行了删改。同时，伏尔泰加入了爱情的元素，尚德夫妇之间、成吉思汗与伊达梅之间，皆存在着与复仇决死截然不同的脉脉温情。爱情唤起了对道德的关注，而被关注的道德激发了人性深处的本善与本真。在这种情况下，原有的生与死之间不可调和的矛盾便被弱化，甚至转移为了两种文明之间谁同化谁的矛盾。由此，如果说《赵氏孤儿》强调的是惩恶扬善，那么《中国孤儿》则将重点放在了“和解悔悟”上。通过和解来消解两个民族之间的对立矛盾，又通过悔悟来表明代表“善”的道德力量对野蛮文明的吸引与归化。于是，伏尔泰的剧作最终以大团圆为结局，实在皆大欢喜。

我们可以从欧洲古典主义戏剧规约中找到这一大团圆结局的由头，那就是理性主义所追求的“悲喜中和，以理容情”，这样的改动无疑是符合法国戏剧鉴赏上的审美取向的。但是对于中国讲求“善恶有报，唯时而已”的美学理想来说，伏尔泰的改动有损悲剧的艺术意义。不过，无论是在《中国孤儿》还是《赵氏孤儿》中，我们都可以看到暗含于故事内的“扬善”与劝诫，其唯一矛盾点在于：在扬善的过程中，“恶”是否需要严惩？这也是伏尔泰在对比中法道德之魂以外，留下的小小疑问吧。

伏尔泰将心中理想的道德进行了角色投射。比较《中国孤儿》中的尚德与《赵氏孤儿》中的程婴，两者有许多共同之处，更有伏尔泰刻意为之之下的不同点。相同之处自不必多说，两者都不顾个人小节，心怀大义；都以亲生子代替孤儿，将牺牲精神体现得淋漓尽致；都不畏强权，带有一种天然的英雄主义气概；都受儒家文化影响，表现出强烈的忠义爱国思想等。但是，尚德并不是程婴在《中国孤儿》中的简单重复与再现，而是伏尔泰按照心中东方文明的道德标准来塑造，再融合他自身对理性主义道德标杆的要求后诞生的。两人虽然都表现出对所处之世的忧虑，但程婴的忧虑来自对个人、对家庭、对小主人的担忧，并没有突破“小我”的范畴。而尚德的忧虑来自国家覆灭、君上存亡、民族兴衰的忧愤，属于“大我”的范畴。所以，尚德在突如其来的危机面前做出的义无反顾的选择，实际上是出于民族大义的自觉选择，是人物忠义双全的道德体现，富含着非常丰富的东方伦理色彩。伏尔泰非常满意对尚德这一人物的塑造，认为其“集中国古代精神文明于一身”，堪称“孔子的化身”。故而代表着杀戮与野蛮的成吉思汗在尚德的精神面前肃然起敬、愧对折服并幡然悔悟也就理所当然，不足为奇了。如果说《赵氏孤儿》中的程婴侠骨柔情、勇烈忠义，那么尚德则是伏尔泰对崇高人性发自内心的追求。尚德这个人物，肩负着戏剧之外的、伏尔泰赋予他的另一重使命，那就是向法国观众展示中国的精神力量。这就难免导致缺憾，尚德这一角色因为具有强烈的说教意味而削弱了属于个人的情感和内心真实的情绪。虽然这一人物形象较之程婴更为典型，但从艺术角度看，他又显得更为刻板，最终成为伏尔泰精神上认同东方道德，却又将这种道德过于理想化之后的一种结合性产物。

（三）二作结合以实现中法文明共频同奏

好的作品能否为读者所接受，正如好的剧作能否为观众所接受，本质上在于其是否引起了读者心中的共鸣。也就是说，作者想要表达的旨趣，能否为受众所感知并理解。但是一千个读者，就有一千个哈姆雷特。每个读者都是按个人的文化背景、人生阅历来品鉴作品的。这也是为什么元曲《赵氏孤儿》在进入西方后会历经如此多次的改编与再创造。在欧洲，它时而是宫廷剧，时而是政治斗争剧，时而是爱情剧，时而又是大团圆的喜剧……无论剧作类型如何变化，都堪称原作的回声与涟漪。剧作家们，尤其是伏尔泰的成功改编，从侧面反映了《赵氏孤儿》中表达出的若干精神内涵，一定是与当时欧洲对精神文明的要求相呼应的。如今，我们必须要回到伏尔泰的《中国孤儿》本身，才能更好地探究《赵氏孤儿》在西方引起如此强烈的同奏之因。

中法文明同奏原因之一：道德伦理的和鸣。正如前文所言，《赵氏孤儿》中表现出来的强烈的道德伦理观、不畏强权的牺牲与奉献精神，在《中国孤儿》中被二次强化了。这种道德与精神，从本质上来说是人类共通的情感。在中国传统文化中如此，在法国文化中也如此。这是人类对正义和善良的天然追求。从古希腊罗马时期到文艺复兴，再到追求理性主义回归的启蒙时代，西方戏剧总强调“崇高”对于戏剧的重要性。崇高，也就是强大的物质及精神力量，还有压倒一切的雄伟气势，足以给人以心灵的震撼，使人惊心动魄，不自觉地拜倒在其之下。英雄式的崇高以道德的形式在《赵氏孤儿》与《中国孤儿》中体现得淋漓尽致。于是，这种道德伦理观念在中法两国人民心中引起共鸣也就顺理成章了。

中法文明同奏原因之二：艺术审美的共鸣。随着传教士们书简与著作的传回，法国读者对中国这片神秘大陆的好奇心第一次得到了极大满足。18 世纪初，几乎人人都以谈起中国、了解中国为乐。于是，在流行一时的化妆舞会上，中国人的扮相随处可见。很快，这股风潮也蔓延到了戏剧界，而《中国孤儿》恰逢其时，一再叫好叫座。其艺术美得到了法国人的强烈认同，首要原因在于伏尔泰对情节的改编。伏尔泰将情节从法国人不甚熟悉的春秋时期搬到了法国人耳熟能详的鞑靼人横扫亚欧大陆的元蒙时期，加入了民族兴衰以及爱情元素，使审美期待距离不至于与法国人相距太远，符合法国人对艺术美的想象与要求。伏尔泰还弱化了戏剧中的斗争与仇恨，并改为大团圆式结局，符合法国人熟悉的古典主义戏剧艺术范式。最后，伏尔泰将舞台布局等服道化进行了偏差性改造，颇有一些奥斯曼式特色，虽然中国人看上去不伦不类，但却是法国人所熟悉的中国人的艺术形象。综上，《中国孤儿》能引起法国人在艺术审美上的共鸣，最终实现中法文明和谐同奏也就不足为奇了。

中法文明同奏原因之三：时代呼唤的相和。18 世纪的法国正处在封建君主制灭亡，资产阶级专制即将粉墨登场的前夜。而象征着资本主义兴起的启蒙思想家们正努力寻找思想的武器来武装将要到来的新政权。善于学习的启蒙思想家们不但在本土汲取着文明的力量，更将学习的视线投向了遥远东方的文明古国。于是，象征着百折不挠之精神，反映政治斗争之惨烈，弘扬善良与奉献的《赵氏孤儿》成了他们选择的对象。他们对这一对象加以符合西方国情的改造，《中国孤儿》便应运而生了。这是启蒙思想家在政治与思想双重要求下的选择，其中备受肯定的中国美德，其中对人的力量的展示，对人性觉醒的赞扬，对理性精神的褒赞，都应该被视为伏尔泰为 18 世纪法国资产阶级革命所做的舆论准备的一部分。时代呼唤了《赵氏孤儿》，成为中法文明得以同奏的又一重要原因。

《赵氏孤儿》作为叩开中法文学交流大门的先锋，其在历史上扮演的角色，以及它留下的历史意义是深远的。首先，《赵氏孤儿》犹如一面镜子，折射出中华民族光辉灿烂的精魂。这种精魂前后被马若瑟、杜赫德等人捕捉，使那一时期的法国人为之耳目一新。再加之伏尔泰富有时代精神与思想价值的二次创作，新诞生的《中国孤儿》唤起了更多法国人的共鸣。使两部作品不但跨越数百年，而且跨越了两块大陆同声合奏，谱写出了一曲既蕴含中国道德精神，又饱含法国艺术思想的历史乐章。其次,《赵氏孤儿》影响了法国传统文化的精神结构。《赵氏孤儿》中包含的忠君爱国、仁善亲仁、侠肝义胆、义薄云天等美好道德品质，以及它背后所代表的儒家思想与价值取向，深深地影响了18世纪处在风云动荡、道德衰退的社会中的法国人原有的心理结构。法国人的审美经验得以丰富，审美情趣得以升华。虽然伏尔泰在剧作中没有突破古典主义的规约，但不期然地，原有的法则与模式第一次被撼动了。最后,《赵氏孤儿》更新了法国人对中国文化的陈旧认识。18世纪的法国对中国文化蕴含的价值估量不足，认为中国文学只在于经史子集，并无甚艺术价值，就其思想性而言，也不过是为统治阶级服务的喉舌，在于巩固封建专制而已。在法国人心中，文艺的文明唯存于古希腊罗马，中国的文学，根本不能与之相提并论，是马上就要被时代淘汰的、陈腐的旧文学，就算曾经灿烂辉煌过，但毕竟已经如同当时江河日下的中国经济、世界地位一样，实在不足为道。然而,《赵氏孤儿》的出现打破了法国人的这种文化偏见，其中蕴含的艺术价值和思想价值，留给了他们丰富的文学启示和深刻的哲学思考。在其基础上改作的《中国孤儿》，更可被视为中法文学在戏剧方面交融碰撞、革新认识后的首次结晶。

综上所述，我们必须要向帮助《赵氏孤儿》等中国古典戏剧进入法国的一代代汉学家表示谢意，他们的偏误与遗漏囿于时代局限而在所难免，但他们的工作冲破了已存在很长的一段时间的，因曲高和寡且受其他东方文化西传影响而被遮蔽的中国文化面前的巨大屏障。要感谢包括伏尔泰在内的研究学者，他们的改编实际上塑造了法国人对中国的全新认知，更深层地参与了中国文学在全世界范围的推广。摆脱了 18 世纪的误解百出和 19 世纪的发展迟滞后，20 世纪后半叶至今，中国的文化与文学终于得以与法国频繁交流，并迎来了中国文化蓬勃发展的全新时代。中国的文学，特别是戏剧文学在新时代有何表现？两百多年后的法国汉学家对中国戏剧的认识与伏尔泰时代又有何不同？这就是我们下一节选取 2015 年法国汉学家蓝碁译版《西厢记》来进行分说与研究的原因。

二　对等原则下的“罗密欧与朱丽叶”——蓝碁译《西厢记》

21 世纪之前，元曲《西厢记》已被多次译介到海外，并出现了多个法译本。其中有三个法译版尤其出彩，分别是儒莲在 1872 年翻译的剧本《西厢记：十六幕喜剧》（*Si-siang-ki, ou L'histore du pavillon d'occident : comédie en seize actes*）、德莫朗于 1928 年改译为小说的《热恋中的少女莺莺：中国十三世纪爱情小说》（*L'Amoureuse Oriole : jeune fille. Roman d'amour chinois du XIIIe siècle*）以及沈宝基在法国里昂大学完成的博士论文《西厢记研究》（*Si Syang Ki*）中的部分篇幅。时代背景的变化促成了这三个版本的相继出现，不同的历史语境对译文也出现了不同的要求。从儒莲的“介绍”中国戏剧文学，到德莫朗“艺术化”戏剧作品，再到沈宝基“推广”中国文化，三者均以符合时代特色与要求的方式完成了自己的历史使命。

进入21世纪，我们惊讶地发现，迟迟未见一部符合新时代文化要求的新的译本出现。这本中国古典戏剧中的“天下夺魁”之作，还要等到2015年，法国汉学家程艾兰（Anne Cheng）、卡里诺夫斯基（Marc Kalinowski）和费飏（Stéphane Feuillas）主持收录的“汉文法译书库”（Bibliothèque chinoise）开始辑录时，才由汉学家蓝碁重译，并交巴黎美文出版社出版。该译本最大的特点是，尽量保留原作风貌，并不为使作品适应译入国的品味和喜好而改变作品本身特点。这就造成了蓝碁译本中一对截然不同于西方人所熟知的“罗密欧与朱丽叶”式的“张生与莺莺”的出现，从而革新了法国人对中国式古典爱情的认识。接下来，本文将以蓝碁版《西厢记》为研究对象，从用语对等、形式对等和文化对等三方面具体观察中国古典文化内涵在译剧中的体现，一来还原中法文学融合之路径，二来为中国戏剧的海外译介提供思路。

（一）蓝碁版《西厢记》中的用语对等

《西厢记》，全名《崔莺莺待月西厢记》，讲述了张君瑞和崔莺莺这一对青年男女在偶遇后互生爱慕，私订终身，历经曲折，最后终于冲破封建礼教，有情人终成眷属的佳话故事。该剧由“闹道场”“夜听琴”“害相思”“梦莺莺”和“庆团圆”共计五本二十一折组成。其念白与唱曲相当丰富，又各有讲究。念白部分主要由元代口语构成，简单明快，朗朗上口，极富生活气息；而唱曲部分则似唐诗宋词，多以骈体出现，讲究韵律，带有很强的文学性。念白的“俗”与唱曲的“雅”相结合，相辅相成，加之用来配乐的各种曲牌，形成了《西厢记》重要的用语特色，也使得戏剧别具一重艺术张力。

遗憾的是，“曲”与“白”的相生相合在历史译介活动中常被忽略，甚至连《西厢记》的体裁都长期得不到正确分类，被视为一种“对话体小说”（roman dialogué）。幸运的是，《西厢记》不至于遭受《赵氏孤儿》那样大刀阔斧的删改，它的唱曲部分一开始就得到了儒莲的认同并被保留了下来。不过，儒莲认为《西厢记》因其鸿篇，故无在法国舞台上演的可能。所以其中用来表现唱词曲调的，诸如“黄钟宫”“端正好”“滚绣球”“满庭芳”“幺篇”“三煞”等一系列富有深意，并对剧情发展起暗示作用的曲牌名均被儒莲省去不译，仅以“他/她唱道”（Il/Elle chante）替之。而德莫朗的《热恋中的少女莺莺：中国十三世纪爱情小说》，则是直接将戏剧部分的唱曲删除，再添以对白和场景描述，将整个故事改写为了小说体裁。至于沈宝基的译本则几乎不能被称为译本，它只是一篇文艺理论方面的博士论文中用于进行艺术批评与审美的原文的节录及其对应译文，虽翻译功夫到位，但毕竟只在学术圈内小范围流通，尚未出版，也未与大众见面，更未经市场的检验。

与这些译本相比，蓝碁的译本以明代弘治戊午北京金台岳氏本《新刊大字魁本全相参增奇妙注释西厢记》为底本，这部底本现存插图156题，有273面，是现存历史最为悠久也是最完整的《西厢记》插图本。选择岳氏本为底本，足见蓝碁下了功夫，力求为读者呈现最贴近元代原本，同时也是最古老的《西厢记》。这一选择为蓝碁翻译中的用语对等奠定了良好的基础。

在这种情况下，蓝碁改进了儒莲的工作，第一次将剧作中的曲牌名全部译出，比如，将“朝天子”这一曲牌名直译为“en audience après du fils du ciel”（天之子的接见），又唯恐读者不理解，特地在注释部分解释了“朝天子”的来历是“朝天紫”，意思是“紫色的花朵朝天绽放”。在这里需要点明的是，确有一说为“朝天紫”，但亦有“朝天子”，又叫“谒金门”，意为以小曲的形式歌咏四方藩国朝觐中央政权，构成形式是“单调四十四字，十一句十韵”。另外，曲牌名“赏花时”被译为“au temps des fleurs f ê tées”（处在花的节日中），虽是直译，却也自得其趣，实现了中法双语之间的自然对等。这些曲牌名被完整地翻译，加深了法国读者对中国元代戏曲的用语认识。

除了曲牌名得以首次译出外，蓝碁在翻译中还特别注意念白在内涵概念上的对等。比如，对于形容崔莺莺的美貌之词“天姿国色”，他没有像儒莲那样直接翻译为“美丽”（jolie），而是为了使法国读者感受到汉语行文的风格与色彩，将其翻译为“une beauté digne du Ciel, et l'ornement de la nation”，意思是“美貌可媲于天，容光可耀于国”。经过这样一译，译文便与原文“天姿国色”实现了用语上的对等。又如对成语“打草惊蛇”的翻译，蓝碁将其译为“battre les herbes pour en débusquer les serpents”，意思是“击打草丛，以便赶出潜在的蛇”。这种平白的翻译方式，在用语上虽然对等，但文化意义上难免存在落差。为了消除理解偏差，蓝碁在文后添加了注释，说明了“打草惊蛇”在正文中的含义，并解释除了在《西厢记》中出现，“打草惊蛇”还在其他若干文献中出现，比如《南唐近事》《水浒传》《文明小史》等，这个词语在中国文化中已成为约定俗成的用语。通过蓝碁的这一解释，读者得以通过“打草惊蛇”这一成语的用法与中国其他文学作品建立互文联系，也补充了中国文学的知识储备。

（二）蓝碁版《西厢记》中的形式对等

相较于用语对等，要做到形式对等的翻译难上加难。于此，蓝碁的处理方式有两种：一，如果能做到汉语与法语之间的形式对等，则尽力以直译的形式向法国读者呈现最真实、最纯粹的中国文化；二，如果两种语言之间的形式对等难以实现，则以添加注释的方式，将原文的意境表达出来。

第一种处理方式在蓝碁译《西厢记》中比较常见。他对《西厢记》中常出现的“拆白道字”式文字游戏的处理正可说明。汉语的巧妙之处就在于此，作为中文原语读者，当我们读到“君瑞是个‘肖’字，这壁着个‘立人’！你是‘木寸’‘马户’‘尸巾’！”这样的拆白道字时，很容易理解作者的俏皮话：张君瑞生得“俏”（“肖”字加上偏旁“立人”），而对比之下，郑恒则是“村”（“木”加“寸”）——气质不佳，“驴”（“马”加“户”）——头脑愚笨，“屌”（“尸”加“巾”）——粗鄙脏污。蓝碁则在译文中将其以直译的方式处理：“肖”加“立人”翻译为“俊俏”，“木寸”翻译为“一块木头”（暗喻气质），“马户”翻译为“进出马车的大门”（暗喻粗俗），“尸巾”翻译为“裹尸布”（暗喻脏污），同时，蓝碁还在注释中向读者解释了汉语中这几个字的结构，这样就使得形式对等不但成立，且汉字字形之意也得以被理解。

如果汉语与法语之间难以达到字形、词形以及句型上的形式对等，那么蓝碁则注重对原文意境的重现，以此达到意境层面上的形式对等。试举一例：“他做了个影儿里的情郎，我做了个画儿里的爱宠。则落得心儿里念想，口儿里闲题，则索向梦儿里相逢。俺娘昨日个大开东阁，我则道怎生般炮凤烹龙？朦胧，可教我‘翠袖殷勤捧玉钟’，却不道‘主人情重’？只为那兄妹排连，因此上鱼水难同。”在崔莺莺的这一段唱词中，连续出现的“宠”“逢”“龙”“钟”“重”“同”等词，皆押 -ong 韵，不但对仗较为工整，且形式优美。而法语译文难以做到对汉语音韵特征的保留，只能将原唱词以散句的形式表现，如“因此上鱼水难同”一句，翻译为“Vous préveniez l’union de l’eau et du poisson”，意思是“您阻碍了鱼和水的结合”。意思虽然到位，但诗体的风格荡然无存。为了保留原文的意境，实现意境对等，蓝碁又在注释中对“鱼水”在中国文化中的含义做了阐释，说明其有“夫妻相得或男女情笃”之意，弥补了意境的不可译性。

（三）蓝碁版《西厢记》中的文化对等

在多数翻译活动中，文化对等极难实现。要么就是译者从本民族中心主义出发，迎合本民族读者的心理适应需求，对原文进行符合译入语文化价值观的改造活动。要么就是译文偏离了民族中心主义，要求读者离开原文化的心理舒适圈，使译文中充斥着译出语的文化价值观。这两种翻译手段在蓝碁的译作《西厢记》中实现了共场，可称为文化对等的一种新形式。

比如，在《西厢记》中出现的一句唱词“从今经忏无心礼，专听春雷第一声”，蓝碁的处理方式就是中法文化实现对等的一个例子。这句唱词是张生赶考前，他借住的寺庙中主持和尚赠给他的祝福之语。其中“春雷第一声”，意味着进士及第，科考高中。在中国传统文化中，“春雷”之所以被赋予这样的内涵，是因为春天的滚滚雷声往往被视为冬季沉睡的万物即将苏醒，大地即将复苏，一切欣欣向荣的标志，故与科举的好消息形成了合意。蓝碁译为“attendre au printemps le premier coup de tonnerre”（等待春天的第一道雷声），取其直译，且在法国文化中的“春雷”亦有惊醒万物，春回大地之意。加之蓝碁在注释中又说明春雷喻为好消息的传播，暗示张生即将高中，便足以使法国读者会心一笑了。此处翻译可称为文化对等翻译的一处善例。

此外，在《西厢记》原文中有一句“竹梢风摆，斗柄云横”，意思是说夜晚竹叶随风摆动，天空中北斗七星中的三颗处于斗柄位置的星星被云遮住了。蓝碁首先向法国读者解释，西方的大熊星座在中国文化中因为其形似斗勺，而被称为北斗七星，又进一步说明中文中的“斗”是一种带着长柄的勺子，这种器具在法国人的传统生活中并不存在，故而在法语中也没有关于“斗”的对应词汇，只好找到“boisseau”（一种圆柱形的量器）来替代，将“斗柄”译为“la manche du boisseau”。如此既实现了字对字的直译，也实现了适应法国读者文化背景后的一种文化折中调和。可见蓝碁的翻译中对两国之间、两种语言之间文化可通约性的高度重视。

综上所述，蓝碁的《西厢记》法译本表现出了在惯用语及曲牌名上的中法双语语用对等，还原了词语、句子、篇章中的语言形式对等及意境对等，尊重了中法语言中存在的文化差异，实现了文化与文化的可通约性。这就使《西厢记》作为中国古典戏剧的杰出代表，能够为新时代的法国读者所认识、阅读，并接受。既更新了法国汉学界对中国古典戏剧的认识，又使中国古典戏剧在新的时代背景下焕发出勃勃生机。

关于对中国古典戏剧的研究，法国前辈学者已经通过《赵氏孤儿》和《西厢记》为我们提供了相当丰沛的研究范式。作为中国文化对外交流的重要窗口，中国戏剧在对外传播的过程中，对世界各国的思想与文化产生了极大影响，尤其对法国的思想家和文学家来说，他们从中国戏剧的丰富内涵和文化意蕴中得到了诸多启示，衍生出了各种形式的文学作品，从而使中国戏剧的精髓深入到法国的思想文化领域，方便我们从中汲取出一个个鲜明的“中国之像”加以对照研究。而今，中国学者又该如何对隐藏在这些“中国之像”背后的历史命题做出新的回答呢？这正是时代赋予我们工作的新使命。

第三章

法文小说中的中国小像

中国古典小说是随着中国市民经济起步与城市化萌芽而逐步发展起来的，只有在和平发展的历史阶段，中国的文人才有闲情将“奇闻”诉诸笔端，流以小说。因此，中国的古典小说被介绍到法国的经过，也是法国人民了解中国文明发展进程的重要过程。以“奇闻”来概括中国古典小说，并非以偏概全，而是法国人对中国小说一贯之印象。启蒙思想家孟德斯鸠就对中国小说的奇闻色彩持否定态度，认为中国的小说分为两类，一类追求奇迹的效果，如孟姜女哭长城，仅靠一位女子的力量就在一瞬间摧毁连绵千里的宏伟建筑，显得夸张而失真。另一类则是程式化的爱情故事，要么是才子佳人，花前月下，私订终身；要么是才子艳遇，精怪报恩，恩尽情绝。主人公之间的关系并非真实情感所致，而是顺势而为，就更索然无味了。孟德斯鸠的这一观点可被称为法国人对中国小说最早的评价之一。但是，法国读者并未受到他的观念影响而将中国小说拒之门外，相反，一来传奇类与才子佳人类小说篇幅较短，情节紧凑，深受法国读者喜爱；二来这类小说蕴含着强烈的异域风情与教化色彩，很能反映中华文明的真实面貌，故而得到了法国汉学界的普遍重视。总体而言，中国小说在中法文学交流中起到了不可忽视的作用，有着至关重要的地位，甚至可以在相关的法文小说中寻找到中国小说的影子，发掘出一个个“中国小像”。

18 世纪中国小说在法国流传不多，最早将中国小说介绍到法国的是法国传教士殷弘绪（Père François Xavier d’Entrecolles），他曾以窃取中国制瓷工艺和种痘技法而闻名欧洲。在小说领域，殷弘绪从明代抱瓮老人著的《今古奇观》中选取了《庄子休鼓盆成大道》《吕大郎还金完骨肉》和《怀私怨狠仆告主》三个故事，重新整理，改以概述，发表在杜赫德主编的《中华帝国全志》上。而1766年在法国里昂出版的，译者署名为埃杜斯（M. A. Eidous）的《好逑传》（*Hau Kiou Choaan, histoire chinoise traduite de l'anglois*），则是第一部完整的中国古典小说法译本。再往后，则是中国学者黄嘉略在法国粗译的《玉娇梨》（*Lŭ-Kiao-Li, ou les Deux Consines*）。此时西传的中国小说虽然数量不多，但故事内容颇得法国人喜爱，有些甚至已经被化用入法文小说中，比如在伏尔泰的《查第格》（*Zadig*）中，就有《庄子休鼓盆成大道》的相关故事情节。

19世纪中国小说在法国的译介与研究已经突破了前一个世纪的局限，发展成了以文化视角观照中国风俗的一扇窗，并培养了几代法国文学研究者共同的东方艺术趣味。开此风气先河的是雷慕沙，他不但完成了黄嘉略的未竟之作《玉娇梨》的翻译工作，还编辑出版了三卷《中国故事集》（*Contes Chinois*），其中篇目主要来自《今古奇观》《十二楼》等小说集。雷慕沙的弟子儒莲也在老师的引领下，先后完成了《白蛇精记》（*Blanche et Bleue, ou les deux Couleuvres-fées*）、《平山冷燕》（*Les deux jeunes filles lettrées*）、《玉娇梨》的翻译工作。儒莲的一位弟子巴赞则在《现代中国》（*Chine moderne*）一书中对中国小说做了总体性的介绍，另一位弟子德理文除了译介多篇唐诗外，还从《今古奇观》中择了12篇短篇进行翻译。同期，还有帛黎（Théophile Piry）译的《二度梅》、陈季同译的《聊斋志异》，以及两版《好逑传》的法译本（*Hau-kiou-Choan, ou l'union bien assorti* 和 *Hau-Khleou-Tchouao, ou la femme accomplie*）面世。通过观察这些译作我们不难发现，此时在法国流行的，仍然是中国的才子佳人类小说。正如雷慕沙在《玉娇梨》的译文序中说，之所以选择《玉娇梨》，是因为这不但是一部才子佳人类的小说，更在于才子佳人类的小说是真正的中国风俗小说，能够描绘时代里最真实的画卷，使读者能够看到真实的中国社会生活与文化生活究竟是什么模样。巴赞认为这是对中国古代民风世情最好的回忆录。儒莲则认为要了解中国，仅仅研究中国人的社会关系与结构是不够的，只有通过这些才子佳人类的小说，才能彻底了解中华民族的风俗习惯和社会特征。中国古典小说中的才子佳人模式备受法国学者们青睐，总体而言，正是因为他们有着通过文化来了解中国，介绍中国的愿望。此外，本世纪也出现了一些具有中国特色的法国小说。这些小说的主人公或是曾经在中国居住过的法国人，或是和法国有过接触与交流的中国人，故事情节则充满了中国式的神秘感，以此来勾起读者对中国的探知欲。儒勒·凡尔纳（Jules Gabriel Verne）的《一个中国人在中国的遭遇》正属此类。

20 世纪的中国小说在法国的推广与研究迈入了新的阶段。首先，表现在对中国小说译介类型的扩张上。法国学者已不满足于 19 世纪对中短篇小说进行译介的单一格局了，转而将视线投向了中国的长篇巨制。《聊斋志异》（*Pou Song-ling, Contes extraordinaires du pavillon du loisir*）、《儒林外史》（*Wou King-tseu, Chronique indiscrète des Mandrins*）、《水浒传》（*Au bord de l'eau*）、《红楼梦》（*Le Rêve dans le pavillon rouge*）、《西游记》（*La Pérégrination vers l'ouest*）、《三国演义》（*Trois Royaumes*）、《孽海花》（*Fleur sur l'océan des péchés*）、《老残游记》（*Lieou Ngo, L'Odyssée de Lao Ts'an*）、《肉蒲团》（*La chair comme tapis prière*）等纷纷得以译为法文版，翻译的质量也得到了很大提升。法国人对中国小说的喜爱程度已经超越了中国诗歌，并认为中国

小说远超西方的英雄史诗，是中国文化模式中的艺术瑰宝[1]。其次，随着译本范围的扩张，20 世纪中国小说在法国的研究也逐渐深入。如 1933 年，旅法学者吴益泰在《中国小说概论》（*Le Roman chinois*）中系统地阐述了中国小说的发展过程；1934 年，李辰冬所写的巴黎大学博士论文《红楼梦研究》（*L'étude du Rêve dans le pavillon rouge*）从时代与个性两个方面，着力向法国人开掘《红楼梦》的世界；1935 年，贺师俊选译了《儒林外史》的部分章节，交巴黎罗德斯坦书局出版。到 20 世纪中后期，先后有儒柏（Robert Ruhlmann）的《中国通俗小说戏剧中的传统英雄人物》、雷威安《中国长短篇小说研究》和《17 世纪的白话小说：中国文学一种叙事体裁的兴衰》、让·乐维（Jean Levi）的《中国小说：东方和西方的虚构故事》、彼埃·卡赛（Pierve Kasev）的《李渔的言情小说，革新者的经历》、谭霞客的《怎样阅读中国小说》以及李金佳的《〈聊斋志异〉在法国的接受》等优秀文章面世。这些文章不乏真知灼见，从各个方面表现出了法国汉学界对中国小说研究的深度与广度。

接下来，本章将分别选取 20 世纪陈季同转译的《聊斋志异》（后取名为《中国故事》）为一例，19 世纪凡尔纳对中国小说进行了阅读与理解后创作的《一个中国人在中国的遭遇》为二例。两作均以中国的社会风情和民俗风貌为基本考察点，并在实际意义上完成了小说在审美期待视域上的法国化改造。我们期待能从以上两例已有定评的作品中发掘出一些尚未被深究的“中国小像”，从而丰富这些作品的文化价值；也期待能为纯文学研究开辟新的路径，为从法国视角研究中国文化开拓新的视野。

---

[1] 艾田蒲，转译自 1978 年巴黎伽利玛出版社出版的《水浒传》序。

一　去性化的“中国故事”
——陈季同改译《聊斋志异》

《聊斋志异》在法国有多个译本，从最早的拆译，到节译，再到全译，甚至还有各种画蛇添足的译本，这些自不必说。而需要事先说明的是，本书在此单元中选取的《聊斋志异》译本，其正式出版名称为《中国故事》（*Les Contes Chinois*），乃是在1889年第一部得以全译出版的《聊斋志异》，译者为曾经在法国久居十余年的清末外交官陈季同。虽然在《中国故事》成书之前，陈季同就已有两部法文作品，分别是《中国人自画像》（*Les Chinois Peints par Eux-Mêmes*）和《中国人的戏剧》（*Le théâtre des Chinois*）。但是随后蒙蒂翁（Adalbert-Henri Foucault de Mondion）声称这两部作品均为其代笔，并要求取回著作权。后来，这位有失诚信的法国人在另一部作品中影射陈季同的《中国故事》也非本人所作，而是另有一位法国人代笔。此事双方相争不下，已过百年，至今未有定论。在本书中，我们姑且仍将《中国故事》视为陈季同所译，以此开展我们接下来的研究。当然，将《中国故事》视为纯粹的翻译作品并不恰当，其中除了一两篇译文能与《聊斋志异》对应外，其他都在翻译的基础上有所改动，属于“译”与“编”的混合体。也就是说，陈季同在一些段落的处理上或遵从了蒲松龄的原文，或进行了大刀阔斧的修改。今天看来，他的改动均是为了迎合法国读者的审美期待与审美旨趣，而围绕“爱情”这一母题开展的。“爱情”母题，又主要聚焦于“情色描写”“同性恋”“多妻”三个方面，故而我们的讨论，也将从以上这三个方面着手。

（一）《中国故事》中对情色描写的处理

爱情故事作为《聊斋志异》之主干，在整本书中约有 90 篇，其他故事也或多或少关涉爱情母题。这些爱情故事，往往又含有不少情色描写，纯粹的精神恋爱则少之又少。蒲松龄在创作故事时，对情色描写非常直接，两人从相识到情动，不过短短数句，也不成为情节重心。这一点和法国小说有极大区别，在我们熟知的法国小说中，性爱往往是故事的终点，或暗示了结局的走向，或预示着主人公两人关系的新篇章。而《聊斋志异》中，性爱总发生在故事的开头，两人只要两情相悦，就直奔男欢女爱而去，并不以婚姻形式这一社会关系为桎梏。

但是,《聊斋志异》中的情色描写以"不加细节"为其重要特点。常常以"缱绻""云雨""交""合""狎""私""卧"等程式化的词语加以概括。这种表达的优点在于让熟知中国文化的读者一眼就能判断发生性爱双方的关系，以及作者的态度是褒是贬。比如,"缱绻"或"云雨"显得温情脉脉，而"交"或"狎"则暗含贬义。除此之外，再无情色细节可言，于此便淡化了描写对读者的感官刺激作用，既虚且快，不容读者展开想象。

即便如此，法国人在初读《聊斋志异》时，仍不能完全接受此类情爱场面，比如，戴遂良（Léon Wieger）就曾在《汉语入门》（*Rudiments de Parler Chinois : Dialecte Du*）一书中认为《今古奇观》和《聊斋志异》最大的问题在于有过多的淫秽描写。戴遂良的这种观点很能反映法国读者的阅读审美与阅读取向，也间接影响到了历届《聊斋志异》的法文译作。陈季同似也觉得原文过于直白，在翻译过程中也尽力弱化处理。比如，在《王桂庵》中，男主人公王桂庵梦见情人孟芸娘，喜出望外，便要上前狎昵（原文：方将狎就）。而陈季同似恐照实翻译有损男主人公形象，于是将王桂庵塑造成了礼数周全的君子形象。为了方便读者理解，以下我们都将法文再次转译为中文。关于这一段，陈季同的描述是："自忖是不是在做梦。"又比如说，在《白秋练》中，女主人公白秋练看望害了相思病的情人慕蟾宫，在原文中，慕蟾宫一见到白秋练，病立刻好了大半，两人"遂相狎抱"。陈季同似觉不妥，将情爱场面改写为："两人谈相思的苦，谈将来的婚事，谈现在这让他们忘记一切的爱情。"

对于《王桂庵》和《白秋练》这种情色情节删改与否不影响情节走向的故事来说，陈季同的改动符合译入语国家读者的审美情趣，实属无伤大雅，也无可厚非。但是，对于性爱对情节的发展起推动作用的故事来说，这种改动就会弱化故事神韵。比如，在《阿宝》中，孙子楚对阿宝陷入痴恋，相思成疾，常常夜里魂魄出窍，进入阿宝的梦中，使阿宝"每梦与人交"，阿宝问梦中人姓名，则答之孙子楚。也就是说，现实中的孙子楚知阿宝，而阿宝却不知孙子楚其人，乃是在梦中欢好后才得知孙子楚姓名。陈季同将这一轻薄的举动进行了弱化处理，仅写"阿宝每夜也总是梦见这年轻人，自说姓孙"。于是，原本故事结构的关键一环，变成了无关紧要的旁支，两人后来的不能忘情，也就变得难以自圆其说了。又如，在《晚霞》中，阿端和晚霞常常在荷花池边"狎戏"，陈季同将其改为"约会"。看似无妨，但就整个故事发展而言，阿端和晚霞的性关系是不可回避的。因为晚霞后来逃离龙宫的重要原因就在于她怀孕了。如果仅是"约会"，又怎么会有后续的情节呢？陈季同的后续译文也很别扭，虽一再掩盖，却难藏踪迹。

受陈季同影响，其他《聊斋志异》的法译本也对情色描写遮遮掩掩，采取一种回避态度。比如，在《婴宁》中，西邻子赴约来到墙角，刚要抱住婴宁，“就而淫之，则阴如锥刺，痛彻于心”。蒲松龄对这一幕的描写可谓直白露骨，有“淫”这样直接描述性行为的字词，也有“阴”这样直接点名性器官的词语。而陈季同将其改译为：“晚上他（西邻子）来到那里，可是没有遇到美人，却落入陷阱之中，伤得很惨。”可见译文回避了西邻子行淫受惩的过程，且语焉不详地一笔带过。这种翻译方式对后来的译者影响很大，许多不甚通中国文化的译者在译到这一段时，往往会找来陈季同的译本做参考。于是，西邻子怎样受伤、痛在何处就变成了自由发挥的创作。比如，在翟理思（Herbert Allen Giles）的译作《来自中国书斋的奇异故事》（*Strange Stories from a Chinese Studio*）中，对这一段的翻译为：“他拉着她的手，正要向她诉说自己的激情，却发现他只是抓着一截靠墙而立的木头。接下来，他看到一只蝎子，狠狠地蜇了他的指头。”也就是说，原文中的“就而淫”成了“诉说激情”，“阴”也被想象成了“指头”。无论是陈季同的译文，还是翟理思的译文，都弱化了情色场面。

这样的处理方式从整个故事的走向上来看，是有违蒲松龄创作初衷的。因为在《婴宁》中，西邻子以“暴痛而亡”结尾。如果西邻子只是简单赴约，并且诉说自己的单恋，却遭到了蝎子扎伤手指以致中毒而死的结局，未免显得女主人公婴宁心狠手辣，残忍至极。这与蒲松龄笔下那位娇俏可爱，天真烂漫的婴宁的形象是完全不符的。所以，这种弱化情色的描写未必就是好的改写，只能称为陈季同编译《中国故事》的一大特点。

（二）《中国故事》中对同性性行为的处理

对同性性行为的描写并不在《聊斋志异》中占重要篇幅。在其491篇故事中，对同性性行为有直接或间接描述的，仅有《侠女》《商三官》《黄九郎》《封三娘》和《人妖》这几篇。但是，如《侠女》一篇，由于其异彩华章，屡有所译。诸如陈季同、贺敬瞻、路易·拉卢瓦（Louis Laloy）、马如丹（François Martin）、阿贝尔·夏特兰（Abel Chatelain）、李风白、雷威安等的法译均收录了《侠女》。

《侠女》中，男主人公顾生不过一介书生，卖画为生，一位少年来求画，容姿甚美，后来两人熟稔，“渐以嘲谑”，于是顾生“狎抱”，少年“亦不甚拒”，两人“遂私焉”。这是一段很直白的同性性行为描写。如果说陈季同的译文在男女情色上常采取弱化处理的方式，那么对于同性性行为，陈季同不但将行为删去，连人物本身的特征都一并删削了。

少年的第一次出场，是在顾生结识侠女之后：“一天，书生的一个年轻朋友来看他，正巧碰到她从里面出来。”于是，在原作中与顾生有性关系的少年，在陈季同笔下成了“一位年轻朋友”，完全隐去了两人的断袖行为。但这种改动给接下来的翻译出了一个难题，那就是如何处理少年、顾生以及侠女三者之间的关系。

在蒲松龄的原文中，少年是狐妖所变化，非常轻浮，除了与顾生有染之外，还数次勾引侠女。一次，侠女实在忍无可忍，愤而将其斩首，并说：“此君之娈童也。我固恕之，奈渠定不欲生何！”此处“娈童”二字，表明了侠女清楚顾生和少年之间并非简单的朋友关系，两者之间必然存在同性性行为。而陈季同在前文中已经破除了这种关系，所以侠女的行为至此便难以解释了：如果少年只是顾生的一位普通朋友，那么她为何要将其诛杀呢？于是，陈季同只好在译文中继续背离原著，强行解释侠女的行为：“这就是你的挚友！看看他如今化作什么！我本不愿这样惩治他，可他不知悔改，自取灭亡。”

陈季同并没有说明少年至死“不知悔改”的是什么，而读者在读到此处时也难免觉得侠女过于心狠手辣，对仅是贪玩而已的少年痛下杀手。其实，陈季同的译文于此处来看实属不妥。虽然在少年被杀身亡后，主线情节才徐徐铺开，但是少年这个角色在人物关系结构网中占有重要地位，形象是容不得篡改的。

如前文所言，少年、顾生、侠女，三者构成一个形象的闭环。尤其是少年和侠女，两人处于完全的对立面，少年的作用在于烘托侠女。少年是狐仙化形的男子，与顾生交合，只是为了肉欲的欢娱，既不负责，也不会有任何结果，甚至在道德上隐隐地拉着顾生一起堕落，耽误前程。而侠女是一位身怀绝技的凡人，敬重顾生的品德，感念他的孝行，与他成婚，为他诞育子嗣。少年和侠女这两个人物围绕顾生，相对相照，互相衬托对方品德高低。在原文篇末，蒲松龄借“异史氏”之笔围绕这两个人物发表了一针见血的评论：“人必室有侠女，而后可以畜娈童也。不然，尔爱其艾豭，彼爱尔娄猪矣！”这也说明了两者的相互对照作用。陈季同将《侠女》中的同性性行为加以清洗，使少年这个人物从作用上来说失去了他原本的组织与对照功能，变成了一个可有可无的人物，从而导致了译作对原文信息的丢失和对结构的扰乱。

读过《侠女》原文的读者都知道，侠女诛杀少年并非主线情节，故事的后续发展围绕着侠女产子、侠女报仇、侠女夜访顾生诉说原委、侠女诀别这几个重要环节展开。陈季同的处理方式对后人影响很大，有的译者隐约感觉到了侠女与少年之间属于镜像的一体两面关系，但因为缺少顾生与少年之间的同性性爱作为铺垫，故而在转译过程中百思不得其解，只能凭借自己的想象发挥出很多其他情节。比如，夏特兰在转译时，为了改正陈季同版本中“侠女诛杀少年”这个情节中的不合理因素，对情节作出了一定的调整，并将故事标题从《侠女》改译为了《一个女魔法师将顾生从一个乔装成朋友的狐狸之手救出》。于是，侠女诛杀少年的目的成了拯救顾生，而顾生与少年之间原有的关系自然也可以不被深究，侠女的这一行为也就合理化了。

陈季同对同性性行为“清洗”式的改编，使得故事的原有脉络被腰斩，类似“少年”这样的角色还没有进入自己在文中应有的位置，完成自己在故事中的使命，就突然退场了，当时的读者也许尚未发现其中关窍。

（三）《中国故事》中对多妻行为的处理

在《聊斋志异》的大部分故事中，蒲松龄都遵循着“两情相悦”的原则，在爱情问题上秉持一种互相忠诚、矢志不渝的态度。爱情的主体不一定是人类，爱情可以发生在世间任何有灵性的妖、精、怪、仙身上。爱情也不讲究地位的高低贵贱，可以发生在闺秀与书生之间，也可以发生在王公与妓女之间，并无一概之论。但是,《聊斋志异》中的爱情也可以表现出一种三角性，或是一种多妻性，此时的爱情并不具备排他性的特点。比如在《小谢》《巧娘》《青梅》等故事中，女性第三者的出现使男主人公具备了多妻的属性，而她们并不是爱情的阻力，出现在故事中，对情节具有一定的推动作用，甚至是向着转好的方向推动着人物的命运。于是，夫、妻、后妻/妾/情人之间的关系，变成了一种现实中很难存在，小说中却又和谐且合理的社会关系。

关于这种多妻关系，蒲松龄处理得很巧妙，要么就将男主人公设定为远行的书生或是在外的商贾，家乡自有妻子，却在行路之中遇到一位美丽善良的情人，两人如何如胶似漆，发生一段如何荡气回肠的神怪故事。在这种情况下，由于妻子与情人于空间上根本就不曾照面，也几乎不存在于同一条时间线，所以两人并不相悖。情人之形象，对于男主人公来说是脱离世俗的一种神仙眷侣般的体验，而妻子之形象，则代表着人世间的羁绊与责任，是男主人公的根与魂最终所在。如果这一段超凡脱俗的婚外恋要走入凡间，那么必定以妻子的突然病故为因，情人得以登堂入室，成为男主人公新的妻子；或是男主人公借此跟随情人而去，两人飘然出世，隐于山野。

又或，蒲松龄正面描写了这种三角关系：爱情出现了分叉，男主人公几乎是同时爱上了两位女性，难以取舍。而这两位女性的身份要么都是精怪，要么至少有一位不是来自凡尘。他们三者往往经历了一个很短暂的猜忌、敌对与嫉妒阶段，接着便会共同经历许多意想不到的磨难，男主人公可能死了，需要靠两位女性共同拯救，或者其中一位女性的牺牲，让另外一位意识到了她们之间也同样存在感情。总之，死而复生、失而复得之后，三人关系得以顺理成章地继续下去，组建一个新的家庭，爱情从占有变成了奉献，爱情的性质从排他变成了利他。蒲松龄这种奇特的爱情观，在中国从古至今的小说中都是不多见的。

面对这两种“多妻”的情况，陈季同在翻译时下了一番功夫。对于原配妻子这个显得有点多余的角色，陈季同觉得对情节的发展没有关键作用，而且戳穿了男主人公与情人出轨与不忠的真实情况，故而还是删去为好。这样的处理绝非一例两例，在《香玉》和《青凤》的法译版中，都有“删妻”的情况出现。比如,《香玉》的原文中，蒲松龄是这么写的:“后生妻卒，遂入山……后十余年，忽病。其子至，对之而哀。”也就是说，虽然这是一个讲述香玉与黄生如何至死不渝的爱情故事，但是其实黄生是有妻的，除了有妻，甚至还有子。陈季同觉得这种结尾有损黄生与香玉之间的凄美而伟大的爱情，故而将黄生的“妻”和“子”均删去不译，于是译为:“黄生自从与香玉重逢，就决定永远居住在山中……十五年后，黄生病故。”这样，没有了俗世中妻与子的羁绊，黄生的形象就永远定格成了一位一往情深的书生。

又如,《青凤》原文中，耿去病思念一见钟情的对象青凤，为了能够再次与之邂逅，打算举家搬迁到与青凤相遇之地去，但是这个决定没有得到家中妻子的同意:“归与妻谋，欲携家而居之，冀得一遇。妻不从，生乃自往。”这样一来，耿去病的形象就从原先的痴情公子变成了抛弃妻子的移情别恋之人，实在令人敬佩不起来。于是，陈季同将其处理为:“他想要再见到青凤，把她领回家，娶她为妻。这事得和她商量才成，可她却始终不再露面。”这样一来，两个人物塌缩成了一个,“青凤”与“妻”奇妙地成了一个人，融合进了一句话中。还好耿去病的妻子只出现了一次，否则陈季同的删译更甚。

至于另外一种情况，即三角关系避无可避，或者整个故事就是建立在三角恋情基础上的时候，蒲松龄往往塑造以和谐美满的结局。然而，对于大多数信奉基督教的法国人而言，这无疑是不能接受的。于是，陈季同的翻译就显得差强人意了。比如在《莲香》中，原情节中桑生先后遇到了狐妖莲香和鬼魅李女，与莲香“熄烛登床，绸缪甚至。自此三五宿一至”。而与李女“罗襦衿解，俨然处子”。于此可知，桑生与两人均有性关系，三人为典型的三角恋情。陈季同先译桑生与莲香的关系:“她说自己叫莲香，住在不远的地方，又说很想结识他。自此以后，她每隔几天就来一次，和桑生闲聊一会。”

后译桑生与李女之间的关系："她说她体质孱弱，外面又天冷难耐，以后想经常来看望他，可又怕打扰他。他就解释说，除了另一个年轻女士，再没人来访，况且她也是不常来的。"这样改译下来，桑生与两女之间的关系就发生了质的改变。从互为情人，变成了朋友关系。这也使之后的情节变得不可思议。比如，原文中桑生因为与李女长期保持性关系，人鬼殊途，所以阳气不足，几乎濒死。如果二人只是朋友，又何至于此呢？又如，李女借尸还魂，与桑生成婚；而莲香亦死，转世 14 年后与他们夫妻二人团聚，从此二女共事一夫，和乐美满。陈季同在译文中如实译出了李女还阳后与桑生的婚姻，但是作为朋友的莲香对二人之执着，死生相随，如果不是情爱关系是很难说通的。他们 14 年后以朋友的身份团聚，从此居住在一起，这不是很奇怪吗？故而陈季同的改写，从根本上打乱了人物的核心关系，故事情节也不再合理。

陈季同从法国读者的审美角度出发，对重婚进行了较大幅度的改写。如果男主人公与两位女子成婚，那么他在译法上就会隐去其中一位，小心翼翼地回避重婚的事实，避免引起法国读者的心理不适。比如《青梅》一文中，青梅是阿喜的丫鬟，慧眼认定穷书生张生日后必定发达，便做了红娘，为两人牵线做媒。而因张生家贫，阿喜并未与其结成姻缘。青梅便自嫁张生。若干年后，张生果然发达，阿喜家则败落，只能借住在尼姑庵里。青梅与原主人重逢后，便迎回小姐，使阿喜与张生做了夫妻，自己则退为小妾。直到后来张生"官至侍郎"，阿喜生了四儿一女，青梅生了两儿一女，张生"上书陈情，俱封夫人"。陈季同在故事主干的处理上遵循了原文，但是在青梅迎回阿喜后，便将二位夫人共事一夫的情节加以改动："促成这桩婚事后，青梅退隐尼姑庵。虽然张生和阿喜苦苦挽留，但青梅始终不愿出来，并在那里度过了余生。”于是，青梅便成了一位报答昔日主人恩情，甘愿自我牺牲婚姻，可敬而可爱的女子。陈季同如此处理，正是为了塑造一个更符合法国人想象的美好的中国道德形象。

《聊斋志异》虽然成书于中国的封建时期，但其中并不避讳对性爱场面的描写，也能如实记录同性之间的性行为，更在小说中真实地反映了中国当时社会的多妻制度。而陈季同对以上三点都唯恐避之不及，在《中国故事》中对其或弱化，或清洗，或改写，这样做导致很多篇章于情节上缺乏基本的合理性或协调性。有一定文学素养的陈季同，是无论如何也不会完全意识不到这一点的。而他仍然选择了这样改译，是出于什么原因呢？如果我们将《中国故事》成书的年代放到当时的时代大背景下加以观照，陈季同不合理的行为就变得情有可原了。如前文所说，陈季同除《中国故事》外，另有二作成书于前，分别是《中国人自画像》和《中国人的戏剧》。这两部书出版于 1884 年前后，正是中法战争爆发之际，和 1889 年出版的《中国故事》可视为一个合集，均是为了打破当时法国对中国的傲慢与偏见之态度。陈季同试图用一个个细腻的小故事向法国人重新介绍中国，将中华民族高尚的道德、澎湃的文化再次展现于法国人面前。陈季同是清政府的官员，其这种做法存在一定的政治宣传意图，但也有自身难以掩盖的民族情怀。陈季同自序道：“我的读者将伴随我，跟我一同走进去，我要把他介绍给我的朋友们，让他分享我们的乐趣。我会为他翻开我们的书籍，教给他我们的语言，他将领略我们的各种习俗。而后，我们将一起周游各省；在路上，我们用法语、英语或德语交谈，谈他的祖国，谈那些盼望他归来的人们。为了消遣长夜，我们将翻阅我们的诗人；当他听到我们音律和谐而又一往情深的诗句时，他的心中会激情荡漾，这样，他对我们的文明就会有另一种看法：他将热爱我们文明的崇高与公正之处。”[1] 在这一理念下形成的翻译观，怎能令我们不感动呢？陈季同希望借自己的译文，扭转中国人留在欧洲的不良印象，他按照法国人的价值标准与审美情趣，将中国文化中的积极面通过《聊斋志异》展现出来，目的在于使法国读者对中国文化有正面的认识，更试图让读者爱上中国文明，其用心良苦，是我们应该给予大力肯定的。

二　对中国的全新“想象”
——凡尔纳之《一个中国人在中国的遭遇》

儒勒·凡尔纳是一位在中国几乎家喻户晓的法国小说家。中国人对他的认识普遍来自他具有奇思妙想的一系列科幻小说。但是，即使是熟读凡尔纳的人，也很少听过他的《一个中国人在中国的遭遇》（*Les Tribulations d'un Chinois en Chine*）。这部小说完成于1879年，正是中国古典小说在法国被广泛接受的时期，凡尔纳受其影响，想要写作一部与中国才子佳人式小说截然不同，又具有合理幻想成分，而不是狐妖鬼怪的传奇类，同时又能反映中国情状，以独特视角向法国人介绍中国的小说，也就在情理之中了。

这是一部故事发生在中国，主要人物都是中国人，且没有奇异发明与科幻元素的现代小说。故事中对中国的描写反映了以凡尔纳为代表的法国人对中国的普遍认识：一个有着悠久文明，讲究人伦纲常，但在科技与工业方面

[1] 陈季同，转译自1884年巴黎卡尔曼莱维出版社出版的《中国人自画像》前言第Ⅷ－Ⅸ页。

处处都比西方落后，显得食古不化而日薄西山的封建帝国。通过这部小说，凡尔纳在着力刻画完全不同于法国的风俗人情的同时，小心地记录着在中国真实发生着的一切，也表达了自身对中华文明的思辨与叹息。我们不妨从人物形象塑造、文献资料选用、对中国现状的描绘和未来的预测以及对中国传统哲学的辨析等四个方面来观察凡尔纳是如何认识中国的。同时，通过他勾勒的一幅幅“中国小像”，更可论证中国形象在法国的普及。

首先，从人物形象上来看，凡尔纳塑造的中国人物在法国文学中可谓独树一帜。凡尔纳笔下描绘的中国人是一群“天朝帝国中的现代居民，他们已经通过学习、旅行以及与西方文明人的频繁交流而欧化了”[1]。其中的主人公金福，则是一个富裕的商人，支持中国进行资本主义改造，住在上海的租界，对物理和化学饶有兴趣。细读故事我们会发现，这位被塑造为三十多岁，外貌更像白人，言行举止也白人化了的中国人具有鲜明的法国人性格。随着故事情节的铺开，读者很容易认识到，与其说金福是一个土生土长的中国人，不如说他是承载了凡尔纳之法国价值观与文化观的法国人。金福完全认同西方的现代性和生活模式，具有一种与黄种人格格不入的西方优越感。而代表着西方先进性的自办工厂破产后，金福感到了绝望，西方优越感第一次破灭了，金福想到了自杀。

为了能让金福摆脱这种情绪，凡尔纳塑造了一位和金福截然相反的人物老王，以作为中国传统处世哲学的代表来带领金福走出困境。如果说金福是“西化的中国人”，那么，老王虽然接触了西方思想，但仍然是一位“典型的

---

[1] 凡尔纳，转译自1965年巴黎平装本出版社出版的《一个中国人在中国的遭遇》第14页。

中国人”。凡尔纳形容他为“伦理的机器”“戴眼镜的道学家”“明理的哲学家”“老实的哲学教师”。老王是中国“生于忧患，死于安乐”之哲学观的代言人，人生中的许多不如意事，他都可以提前做好思想准备，并且不把困难和挫折视为坏事，相反，他认为只有经历磨难而不丧失对美好生活的追求，才能最终获得真正的幸福。在金福身陷困境时，他的好友，两位美国人克莱格和莱福立刻离他而去，因为他们对金福的忠诚与友爱本是出自与金福之间的金钱契约和商业合同，自然财尽则人散。而留在金福身边，不断鼓励他向前看的是代表着中国传统哲学的老王。老王劝金福要行善事，讲道德，不计较。最终，金福在老王的勉励下重新振作，重拾生活的勇气与信心。凡尔纳塑造老王这一人物，从本质上来说，是对中国道德规诫和处世伦常的肯定，代表了他心中所认同的中国形象与中国思想。

此外，凡尔纳还通过娜儿这一人物塑造了中国新女性的形象。娜儿同样也受到了西方观念影响，不将夫死守节视为道德约束。在与金福产生感情后，她立刻热烈地表达了自己的爱意，并希望能与他结婚。除此之外，娜儿也不曾缠足，对这种中国古代遗留下来的陋习嗤之以鼻。总而言之，娜儿是一位不受传统纲常伦理管束的新女性，而凡尔纳对此持欢迎态度，认为无论是解放天足，还是自由改嫁，都是女性应该享受的权益，无可厚非，且女性本就应当如此幸福。

通过了解金福、老王和娜儿三个具有典型特征的人物，我们应当注意到，凡尔纳对中国人摈弃陋俗，拥抱西方持赞同态度；但同时出于对中国文明的尊重与热爱，凡尔纳保留了老王这一人物作为中国传统文化在思想道德方面的最后坚守。在老王与克莱格和莱福的道德较量中，凡尔纳安排老王获得胜利，也表现出他对中国式道德怀有的善意和对西方金钱至上道德观的含蓄批评。

其次，从故事中引用的文献资料上来说，凡尔纳着力使其笔下的中国呈现出一种令人信服的真实感。凡尔纳并没有亲身游历过中国，那么如何才能使自己笔下的中国显得真实呢？显然仅靠作家本身卓越的想象力是不够的。凡尔纳充分利用了当时可用的文献资料，参考了 1879 年之前流行于欧洲的各种对中国的表述与论调，比照了各种游记、传教士书简、插画、报道、学术论文等，以此来刻画一个真实的中国。但小说不是真实，凡尔纳的高明之处在于，在真实的材料之中穿插一些真假难辨的轶闻趣事，一些离奇的传说，这样便为小说增添了神秘感与文学性，故事也变得更加生动。比如，凡尔纳借用了汤姆森（John Thomson）1877 年出版的《中国和印度支那十年游记》（*Dix ans de voyage dans la Chine et l'Indochine*）中的若干见闻，化用了布尔布隆（Catherine-Fanny de Bourboulon）1866 年出版的《中国游记》（*Voyage en Chine*），取用了鲁塞（Léon Rousset）1878 年出版的《穿越中国》（*A travers la Chine*）中的部分插图，参考了波伏瓦（Ludovic de Beauvoir）1872 年出版的《环游世界记》（*Voyage autour du Monde*）中关于广东和北京的描述，还引用了阿伦特（Jules Arène）1876 年出版的《中国风俗与爱情》（*La Chine familière et galante*）中的部分段落等。凡尔纳从这些文献资料中广泛取材，另构框架，重塑情节，既描绘了中国的异域风情，又破除了传统臆想，使他笔下的中国人物栩栩如生。尤为值得我们注意的是，凡尔纳有意在文献资料中节选一些现代化事物作为重要元素来描绘西方文化入侵中国后对中国传统文化的冲击，以及中国人在这种碰撞之下的反应。在他的笔下，虽有迷信神话，对西方机器畏惧不已的普通人，更有固执守旧，对西方制度采取敌对态度的中国官吏，但更多的是像金福这种开始接受西方、学习西方、向往进步生活的时代新人。众多元素交织互补，使得凡尔纳笔下的中国更显真实可亲。

再次，凡尔纳描绘了当时中国的现状，并对中国的未来作出了预测。这不但从正面说明了凡尔纳心中的中国之形象，更印证了他对中国一贯之想象。当时中国社会的阶级矛盾复杂，各种势力如走马灯般粉墨登场，凡尔纳一一对其进行观察，并在小说中留下了自己的思考痕迹。比如，凡尔纳通过笔下“老王”这一前太平军战士的回忆，再现了太平天国运动的恢宏历史。对太平军，凡尔纳深感惋惜，并对洪秀全之死、南京陷落、清兵纵火焚城、十万太平军三天内尽遭屠戮等历史事件予以了史诗般的悲壮描述。此外，凡尔纳对当时岌岌可危的清廷极尽嘲讽，认为：“万民匍匐在地，皇帝高高在上，他认为一切都尽善尽美。他甚至不容人指责劝诫，因为天子从不出错。”[1]在凡尔纳的描述中，当时的清政府吏治混乱，无法驾驭广阔的疆域，抗拒进步，于是更加腐朽落后。除太平天国与清政府两股势力之外，凡尔纳还通过金福塑造了一群亲欧的中国年轻人。这群年轻人希望按照西方的政治模式来挽救危亡中的中国，可以说，金福等人在小说中的形象正影射了康有为、谭嗣同等维新派在中国近代历史中扮演的角色。从这一点看，凡尔纳的这部小说不仅是“描绘”，还包括了“推演”和“预测”。在各方势力混战，整个国家处于一片混乱中时，凡尔纳借文中皇太后之死来暗示一个崭新的中国即将诞生。事实上，本书成书于1879年，而慈禧太后要等到30年后才驾鹤西去，辛亥革命的仁人志士还要更久才能完成他们的历史使命，而凡尔纳

[1] 凡尔纳，转译自1965年巴黎平装本出版社出版的《一个中国人在中国的遭遇》第87页。

将一切都提前了，书中设想中国的社会与政治生活即将与欧洲接轨，步入现代。总之，在描绘了中国的黑暗情状之后，凡尔纳并不吝啬将美好的憧憬赋予他心中具有完美道德范式的中国。

最后，凡尔纳借《一个中国人在中国的遭遇》一书对中国的传统哲学与处世观加以肯定。正如前文所言，当主人公金福对世事绝望，准备自杀时，老王作为中国哲学思想的代表人物出现并劝诫金福。老王的思想可以概括为：生活总是充满了磨难，只有克服之、战胜之、热爱生活、积德行善才能获得积极的幸福。在老王的宽慰下，金福并非一个摈弃中国传统文化、背弃旧道德之人。相反，金福从克莱格和莱福的背弃中走了出来，分清了利益之交和忠义之交，渐生悔悟，明白了在西方价值取向下信奉金钱万能的观念是多么的可笑，发出了金钱并非万能的感慨。于是，金福受百难磋磨，终于侥幸平安后，对散尽家财并无遗憾，而是庆幸能与朋友重逢，与爱人娜儿团聚。也就是说，金福终于领会了幸福的真谛：行善事、讲奉献。老王虽多次在文中规劝金福，但对打动金福起至关重要作用的，还是在小说第八章中提及孔子的道德的那一次。老王在那次交谈中详细论述了中国人的处世伦常，看似平淡无奇，却正面回击了金福受西方影响而产生的资本主义金钱至上观和克莱格、莱福的虚情假意。老王所宣传的真诚奉献带有一种中国古典式的仁爱思想，并与孔子的儒家思想相契合。凡尔纳对这种东方哲学评价极高，借老王之口赞扬“四海之内皆兄弟”之语，又借金福的前后思想转变向西方人介绍了在西方先进文化与科技影响之下仍恪守中国古典道德准则的中国人之崭新形象。最后，全书在老王对大家的谆谆善言之中结束，也在凡尔纳对中华民族传统美德与核心道德观的肯定中落幕。

《一个中国人在中国的遭遇》中承载着凡尔纳对中国、对中国人的全新想象，这种想象通过对人物的刻画、对文献材料的引证、对中国现状的描绘、对中国未来的大胆预测和对中国传统道德思想的肯定而变得丰满，并通过凡尔纳在文学上的盛名在世界范围内广泛流传。虽然凡尔纳在主观上虚构了一个中国，其笔下也存在诸多欧洲人对中国根深蒂固的偏见，但故事化用了史实材料，佐以时事切题，最终与学术资源相互交织，交相辉映，成为中国形象海外传播研究的重要参考材料。

我们今天能从法文小说中看到中国的若干影子，首功当属法国汉学界对中国小说孜孜不倦地研究，以及法国文坛对中国小说长期以来承袭的观察视角与价值标准。这些研究的成果以精神养料的方式渗入了法国小说的创作中，使其受到了潜移默化的影响。首先，法国学界对中国小说的研究有纯文学向度上的文化观照传统。透过中国的小说，法国学者总是能从文化视角挖掘出与自身价值观相契合的品质。比如，从《红楼梦》中看到对自由爱情观的肯定；从《金瓶梅》中看到对人性解放的赞许；从《儒林外史》中看到对万恶金钱的诙谐鞭挞；从《水浒传》中看到悲剧的崇高性的表达等。也就是说，与美国人对中国小说的治学方向不同的是，法国人并不在意中国小说中反映的经济因素，而擅长从人的角度去寻找与法兰西民族文化中心价值相契合的节拍。其次，法国学界尤其热爱通过中国的神怪小说来发现中国文学的文化底蕴。正如雷慕沙所言，神怪小说的盛行并不代表中华民族的幼稚，相反这正是民族深邃性的体现，是中国人心理及潜意识的重要反映。要正确认识中国，不仅要观察中国人外在的所作所为，更要探索中国人内心深处的集体幻想。故而《聊斋志异》受到了法国人的赞叹，被认为是中国人对理想情感和理想社会的一种向往与投影。因此，作为中法文化媒介，《聊斋志异》中故事的法文版才出现了多次变奏，对于中法文化内涵研究极富启迪意义。再次，法国学界非常注重对中国小说发展史的探索，以此参证本国小说的发展与衍变。与法国市民小说类似之处在于，中国小说的发扬与流传是伴随中国城市经济的发展和商业文化的繁荣而逐步壮大的。相似的发展经历使法国人对两国小说的赏析心理和审美态度趋向相同。于是，中国小说成了连接中法文学史、社会史和两国人民心灵的桥梁，更证明了某一时代存在的、自觉或不自觉产生的固有观念或偏见。最后，长期的文化凝视使中国的形象频频出现在法文小说中。正如在《一个中国人在中国的遭遇》中，凡尔纳变换多个视角，既凸显了法国人心中关于中国的一些恒常不变之印象，又重绘了一个与法国人意识中完全不同的中国形象。类似这些中国形象不断演绎出新，又恒久不灭，无论是在小说的插画配图中，还是在半小说性质的游记里，或者是在长短不定的文学著述中，中国的各类形象得以普及，并深深反哺了法国文学。

第四章

法国诗歌研究中的中国小像

诗歌在中国文学大花园里无疑是开得最灿烂，也是扎根得最早的花朵之一。在先民尚茹毛饮血的时代，中国人就已经开始了最初的诗歌创作，六千多年前的“断竹，继竹，飞土，逐肉”，平白朴实，句调短促，却铿锵有力，节奏明快，这表明我们的民族有着先天的诗情与才华，注定要在诗歌的园地耕耘出盛大的丰收。事实上，后来的历史也证明中华民族以自己的智慧力量创造了无数优美的诗篇，并得到了世界各国人民的一致赞美。18 世纪初，法国耶稣会士漂洋过海来到中国，立刻被光辉的中国古代诗篇所吸引，将其视作人类共同的文化财富，带回法国加以译介并向全欧洲推广。从此，法国汉学界对中国诗歌的探索与研究历经数代，从未间断。中国特有的方块字型和音律特征让法国人在诗歌创作上极难模仿，因而未曾留下太多仿作，但是法国人对中国诗歌内涵精神与艺术魅力的研究成果却独树一帜，令人赞叹。

法国译介中国诗歌的第一阶段发生在 18 世纪。马若瑟名字的再一次出现并不令人意外，除译介中国戏剧第一人之名号外，他还在中国诗歌海外推广史上留下了浓墨重彩的一笔。《诗经》中的《天作》《皇矣》《抑》等八首诗由他最先译出，并被杜赫德收录在《中华帝国全志》第二卷中。后来，传教士西伯（Le père Cibot）对《诗经》和一些诗人，如陶渊明、李白和杜甫等做了长篇介绍，并总结了中国诗歌的若干特点，如中国诗歌中流淌的情感与意蕴不仅靠句式本身传播，中国特有的方块字具有表意的动作性与形象性等特征，本身就可以传递诗作暗含的情绪；中国诗歌有独特的、符合诗歌主题与情感发展的韵脚；比、兴、隐喻和象征是中国诗歌常用的表现手法等。

在初步认识到中国诗歌的构成与情感传递的奥秘后，19 世纪的法国学界继续围绕《诗经》进行对中国诗歌的研究。前后出现了关于《诗经》的三个法文译本，分别是 1838 年毕欧转译自孙璋（Alexander de la Charme）拉丁文的译本，1872 年鲍狄埃（G. Pauthier）直接以法文译出的《诗经》，以及顾赛芬 1896 年中、法、拉丁文三语对照的译本。除译文外，还有不少关于《诗经》的研究性文献面世，毕欧和顾赛芬都做过相关研究工作，使对《诗经》的文化解读得以在法国继续推进。

在《诗经》之外，这一时期中国的其他诗作在法国的研究也得到了新的发展，开辟出了新的天地。比如德理文在 1862 年和 1870 年先后整理了《唐诗》和《离骚》，既有翻译，又有述评。德理文的译诗很有水平，重在追求诗句所展现的形象与画面，尽力再现诗作的整体意境。另有于雅乐（C. Imbault-Huart）将中国 14—19 世纪诗歌编译成册，不但收录了当时法国人不熟悉的苏轼、袁枚等诗人的诗作，扩宽了法国人的欣赏视野，还创造性地将中国诗歌划分为古典阶段（以《诗经》为代表的春秋时期）、复兴阶段（以唐诗为代表的唐代）和现代阶段（从宋到清）三个历史发展阶段。但其将中国人的性格与诗性进行联系的假说是否成立还有待商榷。

在翻译家们的推动下，法国诗坛受到中国诗风西传的影响，开始借用中国诗歌中的元素创作本民族诗歌。于是，中法诗歌的直接对话率先发生了。戈蒂耶（Théophile Gautier）是学写中国诗的第一人，不但和女儿小戈蒂耶共译过一本取名为《玉书》（*Poèmes de Jade*）的中国诗集，还模仿中国律诗写过不少七言古体诗，其中包括“你之妩媚的眼神，仿如湖底的秋月”这样的句子。此外，诗人马拉美（Stéphane Mallarmé）也曾经尝试创作中国诗，虽然不少已经失传，但其受象征主义影响而创作的法国诗一贯被评论家认为包含着中国诗歌般的“雾气与芬芳”[1]。

在20世纪，法国对中国诗歌的研究呈现出横向开拓不断，纵向发展继续深入的态势。具体表现在除了对原有课题，如《诗经》、唐诗、宋词的继续研究，对汉赋、乐府诗、清诗等也有了专门的探索。相关论文和专著较之前两个世纪在数量和质量上都有了飞跃性发展。在对《诗经》的研究上，葛兰言将文化观照推进到了新的维度，从社会民俗学的角度辨析了《诗经》中歌咏的各种情感与中国古代季节及节庆习俗之间的关系，同时参考了中国的阴阳之说，以中国西南现代民歌对唱为佐证材料，对《诗经》作出了全新的诠释。戴密微则倡导和推动了法国汉学界对汉赋和乐府诗的研究，领衔编译了一套收录有上至《诗经》，下至清代诗歌共计374首中国古典诗作的《中国古诗选》，并在导论中生动论述了中国诗歌的过往历史与行文特点。他从汉字的角度敏锐地发现了诗句在构成上的特殊性与艺术性，构成诗篇的每一个汉字都是一个小的世界，都是一个充满了情感能力的语言单位，使人从视觉和听觉上都能产生强烈的情感共鸣。桀溺推出的《论〈古诗十九首〉》在当时的法国汉学界引起了轰动，他认为《古诗十九首》实行了文学上的革命，创造出了当时的新诗体，表现出了新的精神风貌。桀溺研究的跨时代意义在于他在研究《古诗十九首》时，不忘将其与《诗经》和《楚辞》贯穿起来，形成对中国古典诗歌发展进程考察的一条综合脉络，草蛇灰线，伏脉千里。在梳理了三者的渊源关系后，更凸显了《古诗十九首》的独创精神。

---

[1] 钱林森．中国文学在法国：18世纪至20世纪80年代［M］．北京：学苑出版社，2019：24．

在对唐诗的译介上，20世纪成就最为突出的当属华裔法兰西学院院士程抱一先生。他自身具备中国文学的极高素养，接受了古典文学教育的熏陶，故而在精通法语后，既能领悟唐诗的奥妙微义，又能将其完整无误地奉献给法国读者，在这一点上至今无人能出其右。他关于张若虚诗作结构分析的博士论文和1977年出版的《中国诗语言研究》是法国唐诗研究领域的重要著作，且均运用了结构主义批评论来剖析唐诗中的天地，可谓别开生面，精彩非常。通过他的分析，唐诗的内部规律与结构得以充分展示，使不懂唐诗的法国人在阅读他的著作后，对唐诗也能达到一定的艺术鉴赏水平。特别是他对《春江花月夜》中“江”和“月”两个意象的辩证分析，论述两者相依相存的关系，行文中充满了中国式的哲思，令当时的文艺批评界耳目一新，使人读之精神一振。

除了以上提到的这些为中国诗歌译介入法而孜孜不倦地努力着的学者和他们的成果之外，20世纪还出现了一批水平较高的跨学科研究成果。这些成果将研究从纯文学剥离出来，与时代结合，体现了中国诗歌在法研究的深度。比如，戴密微将佛学与诗歌研究结合，著有《禅与中国诗歌》；将地理学与诗歌研究结合，著有《中国文学艺术中的山岳》等。胡若诗（Florence Husterk）的《唐诗与病》《唐代山水诗和郭熙的“三远”》，也是这方面的杰作。《唐诗与病》论述了唐诗诗风与诗人所患疾病的关系，得出以病为诗，更添诗情的结论；《唐代山水诗和郭熙的“三远”》借北宋画家郭熙的“三远”理论来以画窥诗，展现出兼收并蓄的开放型批评视野。

当我们简要梳理完三个世纪以来中国古典诗歌在法国的流布和研究情况后，我们发现法国人对中国诗歌的热情，对当中艺术奥秘的探究，始终未曾停歇。《诗经》始终是法国学者未曾远离的重要研究对象，但进入20世纪以来，学界对它的发掘重心已逐渐从文学转向文化。唐诗亦是法国学者醉心征服的艺术高峰，目前，法国学界对它的研究重心从单纯的艺术欣赏，转向了对其语言深层结构的研究。在本章的第一节，我们将跟随葛兰言的步伐，通过他的著作《古代中国的歌谣和节日》，从社会民俗学视角来追索中国灿烂文化之源头，并检视中国古代文明在诗歌艺术中留下的永恒灵魂。另外，在被法国学者视为多种艺术的完美构体的唐诗研究领域，我们则选取程抱一的著作《中国诗语言研究》为例，观察程抱一是如何以西方结构主义理论来向法国人破译中国唐诗“形同图画”的语言艺术，探知法国学界对唐诗象征性、寓意性及诗作语言组合特点的全新认识。

一　社会民俗学视角下的秦前歌谣
——葛兰言之《古代中国的歌谣和节日》

在法国学者葛兰言的《古代中国的歌谣和节日》这部杰作中，他以前人未曾关注到的社会民俗学视角论述了《诗经》中的诗篇与中国古代节日礼庆、文化习俗、自由情感以及儒家礼教之间的关系。他的研究影响深远，并把法国《诗经》研究推向了全新的社会学高度。在书的第一部分，葛兰言从《诗经》中对大自然形象的描绘入手，探讨了中国传统诗作中“比”和“兴”的艺术表现手法，引出自然形象与时令、农谚，即与节日之间的关系，再以诗中的爱情元素为例，证明爱情作为人类的一种澎湃情感，能够激发诗歌的创作。无论是爱情还是诗歌，两者都发生在合适的节庆时间，出自狂欢的人群之口，表现了中国古代淳朴的风尚与习俗。在论著的第二部分，葛兰言根据《诗经》中对节庆活动的描写，推断出中国古代四个具有地方性特点的重大节庆分别发生在郑地、鲁地、陈地和周天子辖地。他通过分析这四地为庆祝节日而进行的各种歌舞吟唱活动，更新了法国人对中国古代的生活风尚、社会构成、婚恋习俗等方面的认识。接下来，我们将跟随葛兰言在社会民俗学影响下形成的思路，分别从《诗经》中的自然之趣和季节性礼庆，《诗经》中的“道”与“情”，以及产生于山水之间、礼庆之时的自然歌谣三个方面来重述葛兰言对《诗经》的基本研究成果。一面对这位法国探求者的研究做一个总结，一面对他笔下流淌着的“中国小像”做总体透视。

（一）《诗经》中的自然之趣和季节礼庆

在向法国读者译介了《诗经》中的经典篇章《桃夭》《东门之杨》《何彼秾矣》《野有蔓草》《采葛》等诗后，葛兰言总结认为这类诗歌描绘的大自然情景尤其生动，充满了自然之趣。比如“桃之夭夭，灼灼其华”“东门之杨，其叶牂牂”“何彼秾矣？华如桃李”这类句子，均向读者展示了青葱的树木、盛开的鲜花、丰硕的果实，还有唱和着远飞的群鸟与鸣叫于原野之上的野鹿等。诗歌中的画面欣欣向荣，而这样的描绘有何意义？葛兰言认为诗人们绝不是为了单纯成诗而去采撷最美的大自然风光，自然风光的出现是为了修饰诗歌的情感。除了传统意义上“比”和“兴”带来的修饰性价值外，道德家们也赋予了自然风光说教的意义。然而最重要的乃是自然之趣背后所反映的季节性礼庆活动。

如何认识出现在《诗经》中的自然风光的修饰性价值呢？其实，自然之趣为诗歌中情感的抒发提供了背景和契机。正如“比”和“兴”这两种修辞格的出现，亦是表达诗情的艺术技巧和表现手法。我们说“桃之夭夭，灼灼其华”，其实是在借花之美来喻人之娇；而“东门之杨，其叶牂牂”其实是在借杨树的枝繁叶茂来诉说情感的丰沛；“何彼秾矣？华如桃李”则是借桃李花之繁盛来夸耀新娘的美貌和车辆服饰的奢华气派。可以说，先言他物以引起所咏之词，再以彼物比此物的诗歌创作特色在《诗经》中表现得格外明显，技巧也格外纯熟。

但是，葛兰言意识到在“比”和“兴”之外，《诗经》中也表现出了对世人道德的规劝。他举例说，《诗经》中吟咏一对飞离的鸟，往往并不是出于对鸟儿飞翔姿态的纯粹欣赏，而是为了让读者意会到这对鸟儿蕴含的社会道德价值。一对飞鸟寓意彼此忠诚，而一对相互飞离的鸟则意味着彼此的不忠。也就是说，诗人们书写自然野趣之美，并不是为美而美，而是觉得这种美与道德相合，美因有了道德才美。于是，自然风光就带有了道德的印记，然而道德的发生必须顺应其时，方为上德。比如，我们将美好的品质赋予桃花，并在《诗经》中吟唱出来：“之子于归，宜其室家。”桃花是美丽而丰饶的花朵，谁将桃花一般的新娘娶回家，谁家就会兴旺昌盛。而桃花暗喻着春天，适逢其时，才能配之以德。又如，《诗经》中配对成双的鸟兽，总是在春天回到巢穴结合，是在教导世人，夫妻结合必须顺应天时，正如万物交合自有适合的时间，不违背天时才称为德。春天这个季节因此具备了特殊的意义，是先民们举行婚礼的最佳时机。于是，在春日成婚成为传统礼仪习俗之一。

事实上，中国古代确实存在以时令规劝婚时、农时、祀时的习俗。葛兰言在《夏小正》《管子》和《月令》中找到了相关佐证，而这三部书中诗歌般的语言令人惊奇。在这诗化的语言中，葛兰言创造性地发现了秦前诗歌中词序排列的规律性。他认为，先民们总是根据自然事物在自己头脑中产生的印象先后、深浅来决定诗歌写作中词序的布列，以此达到诗性盎然的效果。比如，“鸣弋”一词在《夏小正》中出现了，即“十有二月鸣弋”，又在《诗经》中得以化用：“将翱将翔，弋凫与雁。”何为鸣弋？先听见鸟儿鸣叫，后见鸟儿飞过，是以鸣弋。诗情与画面感一下就跃上心头了。我们从古老的历书和同样古老的诗集中都发现了诗性语言的痕迹，倒也不必着急研究究竟谁先谁后，谁模仿了谁，值得注意的是，这些充满了生活气息，且充满了想象力的优美句子，均出自先民的日常生活中对节庆、对劳动（采摘、捕猎、耕种、放牧）的歌咏。与《夏小正》中的历法时序对应，《诗经》也非常讲究人的劳作与生活要符合自然规律。比如，在《七月》一诗中，每一句诗对应的就是一段时间，尽言农桑稼穑之难。甚至也可以说这首诗就是中国古代组织农事活动的参考诗。

细读《七月》，第一段从岁渐寒写到春耕始，第二段写农妇行蚕桑事，第三段写织麻做衣，第四段写打猎与操练，第五段写年末打扫庭院准备过冬，第六段写采摘与酿造，第七段写修葺与仓储，末段写年终祭祖与团圆宴饮。全诗一气呵成，格调平直，将一年到头的农事与节庆交代得非常清楚。葛兰言推断，这首诗最初是作为岁末节庆时欢唱的歌谣广泛流传开来的。它表明了为什么历书中的语言会如诗歌一般摇曳多姿，只因为歌谣本身就来自季节性的庆典活动，因此很容易被如实地记录在历书之中，又因为被广泛传唱而被采风者辑录在了《诗经》之中。

葛兰言通过译介《诗经》中由自然野趣构成的一个个意象，向法国人徐徐展开了一卷展示着中国古代社会生产生活的鲜活画面，而这些农事、自然风光与时令相互杂糅，勾勒出真实的“中国小像”，向法国人表明了季节礼庆习俗在古代中国人的思想与生活中占据的重要位置。

（二）《诗经》中的“道”与“情”

葛兰言说《诗经》是农民的诗。的确，《诗经》中广泛出现的自然背景、原野风光，还有劳作与节庆的场面都在告诉我们这些诗歌最初传唱于何人之口。它们的确是属于劳动人民的诗歌。但除了农事之外，《诗经》对爱情的咏唱也随处可见。有“爱而不见，搔首踟蹰”的焦躁、“将仲子兮，无逾我里”的执着、“摽有梅，其实七兮”的热烈、“愿言思伯，甘心首疾”的坚贞……这些纯真而炙热的感情源于生活，也还原了生活，是“农民之诗”的重要组成部分。然而，在很长一段时期里，爱情的影子被人为地从《诗经》中抹去了，取而代之的是道德的说教。葛兰言要如何向法国读者介绍《诗经》中的“道”与“情”呢？他首先从中国古诗的重要功能之一，也就是“诗以载道”谈起。

葛兰言向法国人介绍说，中国是一个处于封建君主制下的农业国家。对于封建皇帝来说，劳作的适时和人民的顺从是统治久安的保证。而劳作的适时在于大自然的风调雨顺，故而诗歌中多祭祀的篇章；人民的顺从在于风化的纯正，故而诗歌中多王道的宣传。如果没有对王道的歌颂，那么就扭曲诗意，以此来保证封建政权的合法性。比如，“彼茁者葭”的缘故当然是风调雨顺，但是不是也可以说明君王的贤明呢？“兄弟既具，和乐且孺。妻子好合，如鼓瑟琴”不仅是在说民间家庭和睦，也在暗示着君主治下的国泰民安。“蒹葭苍苍”当然不能解释成暗恋追求之诗，出于维护统治的需要，最好理解为在歌唱后妃之德。于是，虽然《诗经》忠实地描绘了农村的风俗与农民的生活，但出于忠君思想与道德教诲的目的，士大夫阶层对孔子的删诗持欢迎态度。

孔子对郑乐的印象极坏，在《论语》中说：“恶郑声之乱雅乐也。”为何有害？害在何处？朱熹认为郑乐表现的都是男女非礼的爱情，属于淫奔之诗，实在有违圣人之道。葛兰言认为，其实郑乐所描述的都是质朴的爱情罢了。只不过长期以来，中国人过分看重诗歌的教化作用。诗绝对不会平白无故地作出，简简单单只为抒发情感，诗必须承载道德，用以扬善。于是自春秋后期开始，学者们竭尽全力地去译诗，百般揣摩作者的意图。仿佛越是从中发掘出符合他们心中所想的道德伦理，就越是能体现他们品评作品技巧的高超。于是,《诗经》中的每一篇作品都被赋予了教育的目的。而颇带讽刺意味的是：农民被认为是无法作出如此富有深意的诗作的，久而久之,《诗经》被默认为是士大夫阶层的作品。

葛兰言并不认同《诗经》起源于士大夫的论点，他也不认为这些优美的歌谣能够脱离底层的生活，先在宫闱之中被创作，然后出于道德教化的目的，再逐步流传于乡野。这种自上而下的模式有许多说不通的矛盾，葛兰言以《郑风》中的《溱洧》为例：“溱与洧，方涣涣兮。士与女，方秉蕑兮。”抛出了自己对儒家注疏的嘲弄。这句诗说的是春日河水化冻后，在溱、洧两条河边的旷野上，男男女女载歌载舞，正在群欢。这种风俗难以想象，难怪孔子，季札、朱熹等不喜郑乐了。但注疏派为了儒家的教化使命，又不得不说这首诗起源于某位敢于进谏的忠臣，在借春天田野上的场景规劝君王施行德政，以重振伦理。这种强行解说过于玄妙，因为诗歌中描绘的风俗场景实在与儒家一贯追求的道德原则相去甚远。孔子言之“礼崩乐坏”，实在是把简单的问题复杂化了。

如果我们不把儒家的道德观视为衡量诗歌价值的唯一标准，那么就不必强行证明哪一首诗是在赞颂王道，哪一首诗是在讽刺恶行。王政与风俗之间的纽带被解开后，葛兰言推定,《诗经》中的歌谣不过是在表现先民们朴实的、自然的风俗习惯罢了。正如劳作诗在赞颂劳动之美，感叹稼穑之艰一样，爱情诗就是在歌咏爱情，这些来自底层创作者的诗作因源自生活而显得生机勃勃，是士大夫阶层不曾经历过，故而也无论如何都剽窃不了的。

当我们抛开儒学之“道”的影响，单纯地去欣赏《诗经》中的“情”，就很难不被诗中情爱的场面打动。先民们在节日里出门，结识于旷野，相会于城门、树林、泉边、田间，他们约会时同乘一辆车，车上的环佩叮当作响，女郎们撩开车帘，毫不避讳地向路上行人展示她们像桃花一样盛开的容颜和绸裙，她们欢笑着向情郎抛出代表爱意的香囊。小伙子们向心仪的女郎献殷勤，女孩子们有时装作倨傲，有时十分狡黠，于是互换信物，山盟海誓，约为终身。相会之后又各自回家，期待下一次的会面。有些人后来提出了分手，因此产生了失恋的哭诉；有些人幸福美满，于是出现了关于他们的流言；受诽谤者一边犁田一边叫屈，重归于好者一边欢笑一边捕猎，贞妇在家一边纺织一边盼望徭役结束……人们在劳动的同时，将自己的情感自然而然地寄托在了歌谣之中。葛兰言将《诗经》中的这些中国小像加以重绘，以向法国人阐释中国诗中的艺术都是自发产生的。原始的诗人并不注重语言的技巧，词汇的贫乏更导致了相同意象的反复出现。然而，简洁的语言、重复的形象以及纯真情感的抒发给诗歌增添了艺术的魅力，缺乏技巧则更显自然的和谐。《诗经》中重复出现的段落有利于集体轮唱，叠词的使用有助于载歌载舞时情感的表达，比起说这是士大夫之作，将其视为先民们的即兴创作更为合理。那么，先民们究竟是在什么样的场合之中完成他们的歌谣创作的呢？

（三）产生于山水之间、礼庆之时的自然歌谣

根据前两部分的分析，葛兰言总结了两个重要观点：第一，《诗经》中对自然之趣的描写，反映出季节礼庆习俗在古代中国人的思想与生活中占据的重要位置；第二，《诗经》中存在对朴实的、自然发生的、与儒家道德思想并不相关的爱情的描绘。于是，葛兰言确信他发现了中国先民们的习俗——定期在特定的场所举行盛大的、载歌载舞的乡野集会，而诗歌就诞生于这种集会之中。而集会发生于何地？人们何时前往？在集会之中人们将行何事？围绕这三个问题，葛兰言继续展开了他的论证。

关于集会发生于何地的问题，他认为地区不同，人们相会的地点也不同，但仍有一定规律可循。比如，在《汉广》中，相思者吟咏："南有乔木，不可休思；汉有游女，不可求思。汉之广矣，不可泳思；江之永矣，不可方思。"说的就是南方的年轻女郎在长江之畔的树林边嬉戏玩耍。在《溱洧》中，诗人描述了上巳节期间郑地的男女在溱水、洧水旁的草地上聚会嬉闹，互相赠送定情信物的场景："维士与女，伊其相谑，赠之以勺药。"在《宛丘》中，"子之汤兮，宛丘之上兮。洵有情兮，而无望兮"唱出了陈国宛丘之地田野旁女子舞蹈，男子倾心的场景。而在卫国地区，先民们经过"瞻彼淇奥，绿竹猗猗"的淇水河畔，绕过翠绿的竹林，来到顿丘相会，并留下了"送子涉淇，至于顿丘"的诗句。由以上几例可见，山丘、河水、树林、草地常常在《诗经》中作为聚会地点被提及，故而葛兰言推断中国先民们盛大集会的地点总是在草木茂密的河边或坡头。这一推论应该是正确的。

关于人们何时进行聚会的问题，根据农事历书的内容，葛兰言大致推断聚会的日期实在春秋两季。在中国辽阔的平原上，农耕文明年复一年地演

绎着其自身周期性的活动：严寒干燥的冬天里，人们只能蜷缩在家中，众兽俱静，长河冰封，百业停歇，夜晚漫长得可怕，生命仿佛被冻结。直到有一天，春风吹拂过这片大陆，冰雪猝然消融，河水哗然奔腾，鸟兽鸣吼，草吐嫩芽。然而还不够暖和，农忙还未开始，于是人们得到闲暇，走出家门，汇聚在欣欣向荣的田野之上，载歌载舞，欢庆生命的新生，祝愿爱情的发生，祈祷一年的丰饶。随着夏季的到来，暴雨初降，农民们最忙碌的时节开始了，谁都无暇唱歌，或者起舞。然而诗歌的火种随着秋收的结束被立刻点燃了，河道不再宽阔，河水变得清浅，人们刚好可以涉水而过，将聘礼或者信物送给春天相会时看中的情人，如果能将她娶回家，那么新一轮的庆祝盛宴又开始了。历书不管歌咏，历书只说："春女感阳气而思男，秋男感阴气而思女。"而《诗经》中的歌谣也最终点明了时节的重要性。人们为春天所触，嬉戏宴游，能在春天成婚最好，因为："桃之夭夭，灼灼其华。之子于归，宜其室家。"如果错过了春天，那么"将子无怒，秋以为期"也不是不行。总之，集会总是发生在春或秋，农事活动不是那么繁忙，而气候又适宜的时候。

在春秋的节日里，人们所行何事呢？人们彼此邀约，同驱车辆，一到聚会的集结地便置身于喧闹与热烈的氛围中。在河边的人开始涉水，撩起衣角，卷起袖子，脚踏流水，在水中嬉戏。也有人驾着车走过河边，水位高涨时担心河水将车子的帷幔浸湿，但这也不碍事，因为还可以钓鱼、采摘野花和野草，再为家里人带回一些水生的野菜。在山坡边的人们比赛爬山，采摘野果，顺便捕获野味，如果带了锋利的柴刀，还要顺便砍下拦路的蔓条。然而无论是游山还是玩水，都不是毫无组织的混乱聚会。队伍中有鼓手和击缶手敲打着音乐的节拍，而欢聚的人群就应和着节拍，沿着山坡唱歌，顺着河流舞蹈。当气氛足够热烈，队伍中的青年男女彼此相看欢喜，那么喊诗和轮唱活动就开始了，关于爱情的即兴诗作由此产生。

葛兰言总结认为，欢乐的庆典就是这样开始的，也是这样结束的。郊游与涉水是春季欢宴的重要主题，而爬山和捕猎是秋季庆典的必要项目。在春季相交、订婚，在秋季迎亲、成婚。青年人在季节性的礼庆活动中寻找自己的配偶，相约下一个节日再会。在舞乐之中，感情和诗句的表达同时迸发。于是，我们在《诗经》中看到的感情有着粗犷的出口，却流淌着细腻的情愫。

这种情愫正是爱情的内涵所在。在《诗经》的吟咏中，我们总是能感受到一种痛苦的焦灼，这是一种强烈的忧虑，也是一种心灵的煎熬。诗作里的主人公们辛苦耕耘，收获却并不能使他们富裕，他们在冰冷的水里采集，在峻峭的山林里捕猎，大部分所得都要上缴，只留下糊口的部分。他们也有过爱侣，但繁重的徭役使夫妻离散，使幼儿失去父母，使老人无所依靠。这些真正的折磨使人失眠流泪，无精打采。这种心情只有在全国上下共同欢庆的时刻才能减弱，只有在庆典中，先民们才会短暂地忘记生活的磨难，忘记自己的孤寂，转而投入相会的快乐中。在礼庆中得遇良人，与其定情，求得新的婚配，于是有了另外一个人加入自己的家庭，对不确定的未来生活的恐惧，突然就转变成了巨大的安宁。获得这种安宁，仅靠情人在庆典之中的对唱、表白，甚至是耳鬓厮磨是不够的。只有彼此真正结合，肉与灵互为归属，对彼此的信任和心灵的平静才会真正到来。程朱理学认为这种未经媒妁的结合是淫荡的，是风俗的败坏。而葛兰言从中却看到了可取之处,《诗经》中告诉我们爱能达情，先民的狂欢与季节性的节庆是自由和安宁的象征。

在结束对《诗经》中爱情诗的社会民俗学研究前，葛兰言得出了诗作产生于情歌的结论，并将其要素归纳如下：一，诗歌产生于集体的轮唱；二，合唱中间或有青年男女独唱性的爱情表白；三，情歌对唱常常在季节性的节日中进行；四，情歌对唱很少发生在熟人之间，而往往展开于来自不同地区的青年之间。也就是说，诗与道德的风尚无关，诗与自然的爱情同时发生。这些诗歌具有明显的礼仪庆典活动特征，它们既保留了对季节规律的描述，又讴歌了自然发生的爱情。文字虽然被长久地保留下来，但最初的曲调却失传了。慢慢地，这些诗歌被编汇成册，采诗官们将它们收入宫廷，当儒士们需要论证天子与国家的正统道德秩序的合法性时，他们便努力曲解诗意，加上一些富含道德寓意的小故事，再配上一些象征的手法，赋予诗歌以伦理上的解释，从而来宣传他们构想中的生活准则，确保封建君主的统治能够长久地继续下去。葛兰言通过对《诗经》中诗歌原始价值的研究，竭力使走样了的诗歌得以在法国读者面前恢复本来的面目。这些诗歌是法国了解中国先民原始艺术的重要材料，说明了歌唱在文字之前就足以表达情感，也说明了爱情并不产生于文字，而是诞生在山水之间、自然之中，融合在先民们的歌舞里。被葛兰言揭示出来的这些被儒家注疏派掩盖了的旧日里的狂欢习俗，证明了乡野之中节日的存在，而正是这些节日赋予了先民生活和情感关系上的规律性。考证这些节庆的具体意义在于使我们感受到我们的先民在聚会与离别时那如长河一般波澜壮阔的情感，也使我们看到这些情感与社会活动之间存在的组织性与关联性。葛兰言的研究使我们确定了中国古代的乡野习俗与节日庆典在文学发展中可能具有的意义，也就使我们理解了什么是有利于诗歌诞生的社会现实。

二　结构主义视角下的唐代诗作
——程抱一之《中国诗语言研究》

中国唐诗与音乐、绘画之间的联系历来为人津津乐道。正如《诗经》中的歌谣，唐诗也曾“声乐歌舞，以载诗歌”，即以自身诗情之美，配之音律，遍传天下，至今已绵延千载。可以说，音乐的发展和兴盛直接促进了唐诗的繁荣，同时也直接造就了配以音乐的词和戏曲的兴起。而唐诗与画作之间更是自古就有“诗中画，画中诗”的美赞。法国学者德理文认为一首对仗工整的唐诗，实际上是二十或者二十八个字符交织而成的一片云锦，能使读者在视觉和听觉上产生强烈的共鸣，它的本身就是“悦耳的音乐和悦目的图画”[1]。这种形同图画的艺术结构令人着迷，故而从18世纪的西伯，到19世纪的德理文，再到20世纪的戴密微，但凡是对唐诗有所研究的法国学者都会对这种文学体裁中包含的象征性、神秘感、构成意象以及语言用词的组合特点有所关注。其中，又以对词语的组合方式，也就是对唐诗的艺术结构的探究最为引人注目。但是真正解密唐诗，将当中的精妙介绍到法国的当属华裔学者程抱一。

1929年，程抱一出生在中国山东济南，他于1945年考入南京金陵大学外语系，后随父亲定居法国，先后就读于法国高等社会科学研究院、巴黎高等研究实验学院和巴黎第七大学。程抱一在中国古诗词研究领域很有天赋，他的硕士论文《张若虚诗之结构分析》（*Analyse formelle de l'œuvre poétique d'un auteur des Tang Zhang Ruo-xu*）以结构主义视角成功分析了中国古诗的形

---

[1] 德理文，转译自1862年巴黎伊夫雷亚出版社出版的《唐诗》第51页。

式特征。而他的另一部作品《中国诗语言研究》(*L'écriture poétique chinoise*)则是最早运用结构主义方法论和符号学理论来研究中国唐诗的学术著作，出版之后，不但拓宽了国内唐诗研究领域，在法国也极有影响。

要向读者们说明程抱一的《中国诗语言研究》之精妙，首先要讲清楚什么是结构。世间万物千差万别，结构不一。正因存在这种内在结构的不同，万物才得以区分，彼此价值的高低才得以凸显。文学作品也概莫能外，它的艺术价值亦在于它与众不同的精妙结构，而这种结构是靠词汇、句子构成的语言而揭示出来的。是以符号学家罗兰·巴特要说："文学是一种语言行为。"[1] 词汇是一个个符号，那么文学作品就是这些符号的排列组合，不同的排列与组合构成了不同的结构，于是诞生了形式各样、内容不同的文学作品，并传递出语言的信号。而以结构主义来分析诗歌的难处在于诗歌的语言是高度凝练的，短短的几个字内压缩了大量的信息，蕴含着丰富的释义可能。所以一旦对这种难处挑战成功，结构主义便可极尽可能地揭示出诗歌语言的内部规律和其构成上的微妙深意。

程抱一运用结构主义方法论对唐诗所做的分析，从事实上向法国人普及了中国诗人运用诗歌语言的艺术技巧，真正将"悦耳的音乐和悦目的图画"铺展在了法国读者的面前。他采用的主要方法可以概括为："探讨通过'内部再生'而运转的语言机制来逐句分析整首唐诗。"[2] 所谓的"内部再生"，其实指的是唐诗之中一个个连贯而生的意象之间由彼此直接联系，彼此相互产生，而并不依靠言语上的逻辑性进行生与灭。也就是说，每个意象都是一个

---

❶ 邓丽丹．文学作品的结构分析［J］．外语教学，1982（3）：133.

❷ 程抱一，转译自 1996 年巴黎瑟伊出版社出版的《中国诗语言研究》第 16 页。

独立的语言单位，各种象征意义向各个方向散射，以进行对下一个意象的捕捉。这种捕捉的过程破除了句法的障碍，意象与意象之间因此形成了辐射广阔的意义场，交相辉映，共同构成了唐诗的意境。

仅以理论来诠释似乎极难理解，让我们来还原程抱一在《中国诗语言研究》中的例证来进行说明吧。为了阐释结构主义“内部再生”的理论，程抱一以李白的《玉阶怨》为例。先来看看这首诗的内容：“玉阶生白露，夜久侵罗袜。却下水晶帘，玲珑望秋月。”全诗一共二十字，前两句写无言独立玉阶，夜晚露水深重，不知不觉浸透了罗袜，主人公却浑然不觉，还在痴痴等待；后两句写久候不至，主人公只好回到房间，虽然将水晶帘放下了，却还忍不住透过帘子凝望秋月。前两句写久等，凸显痴情；后两句写月色，衬以幽怨。全诗无一字正面写怨情，而孤独、失望与哀怨之情已然力透纸背。

程抱一将诗中的意象逐一拆解以析之。他找出了诗中的几个重要意象：玉阶、白露、罗袜、水晶帘、玲珑、秋月。这些意象都具备其对应的象征：一，玉阶。玉阶是房间通往外部的阶梯，光滑如玉，同时也清冷如玉，正与当时冰冷的夜色相契。此外，玉还令人联想到女子细腻光洁的脸庞。二，白露。白露寓意秋天的到来，给人寒冷凄清的感觉，又象征了女子眼中的泪花。三，罗袜。罗袜自曹植的《洛神赋》中“凌波微步，罗袜生尘”开始，就成了美女的象征，作为古代女性轻易不能示人的足部的包裹物，罗袜还暗示了女子美好莹润的躯体。四，水晶帘。水晶帘象征着隔绝，既隔绝了房屋内外的夜色与灯烛，更隔绝了女子与她思念的情人。此外，水晶如泪，亦有悲伤之意。五，玲珑。玲珑可作拟声词，可指水晶帘摇动之声；也可指望月思人的女子的脸庞。六，秋月。秋月亦有两重含义，其一象征孤绝与遥远；

其二可隐喻同处一轮月下而天涯两端的情人之间期盼重逢之情。

全诗二十字，意象占十三字，这些意象都有一个共同的特点，那就是光洁莹润，闪闪发光。于是当它们组合在一起时，就自然而然地给人一种一个个意象接踵而来的感觉，极协调，又极有规律性。这种规律性同样体现在它们几乎一模一样的句式中：状语 + 动词 + 宾语。也就是说，主语人称被省略的情况下，我们需要调动想象力来猜测动作的发出者。牵动我们想象的，是被状语限定着的动词，而这个动词又作用于一个宾语。于是句式的节奏被加快了，事物仿佛自发地相互关联起来，被莫名的线牵引着，一个意象紧跟一个意象，从第一句直至最后一句，全诗戛然而止，似乎什么情感都没有诉说，却令人满怀惆怅。

如果我们一定要在这些意象中寻找一个中心，程抱一告诉我们，那不妨看看“秋月”。《玉阶怨》里所有的意象之所以都能给人带来莹润光洁的感觉，是因为它们的光亮均来自月亮。玉阶、白露和水晶帘反射了月光，象征着女子的脸庞和身体的罗袜和玲珑同样在月色下莹莹可爱。月亮在前三句诗歌中不见踪迹，只在最后一句出现，却经历了诗歌的全部过程，首尾相接，周而复始，使诗歌内部呈现出一种线性发展结构。然而，从玉阶到白露、白露到罗袜，再到水晶帘与玲珑，最后到秋月，这一线性结构以时间为序发展，如果再引入空间因素，那么各种意象之间得以相互对应。如秋月对应水晶帘，玉阶对应罗袜。换句话说，通过线性向空间立体结构的转换，内部的意象被投射到了外部，如内部的水晶帘与外部的秋月，内部的罗袜与外部的玉阶，于是外在世界便成为内在世界的符号。各个意象纵横交错，使读者产生了新的体验。

除了线性与空间，程抱一还在《玉阶怨》中发现了结构的聚合性。正如前文分析，在《玉阶怨》的各个意象中，秋月是关键。其他的意象均围绕秋月相互存在，相互吸引，产生意象之间的张力。玉阶、白露、罗袜、水晶帘、玲珑，好似天上的群星，全部都被秋月照亮，朝秋月聚合。于是秋月不再是自然界中仅带有自然属性的月亮，而是一轮充满了人类思念、怨恨、爱恋、悲伤等各种欲望与思绪的，带有社会属性的明月。明月，自有诗起就是中国诗人最常使用的基础意象之一，由它所聚合起来的各种意象，构成了一幅充满神秘感的夜晚图景，不但揭示了诗歌结构的秘密，更暗含着人类社会情感秩序的奥义。

通过程抱一的分析，我们看到李白的《玉阶怨》之所以传唱千年而不绝，其结构自有奥妙所在。诗人尽可能地少用描绘性的词语，仅使用一个个看似独立的意象，一面为意义留白，一面又使这些意象以线性、空间性和聚合性的方式创造出一个简洁的、充满了不言之语的全新结构。换言之，在符号与事物之间的新的对照关系被创造之时，符号与符号之间的密切联系也诞生了。程抱一所行研究，其实就是通过揭示诗歌的内部结构来分析诗人创造的意象，以破译其中蕴含的人类情感密码。

对《玉阶怨》解析的成功之处在于解构了“月”，而“月”这一意象也是程抱一学术生命中反复被提及、被研究的对象。在对张若虚《春江花月夜》的分析上，程抱一再次使用了结构主义的研究方法。

首先从诗题入手。程抱一在研究了多位译者的译文后指出，对诗题中春、江、花、月、夜五个意象的翻译，各学者释义不同。有的学者，如布德（C. Budd）译为“春夜的江”，放弃了对花、月两个意象的翻译；而更多的学者，如弗莱茨（W. J. B. Fletcher）、福克（A. Forke）和德理文译为“月思”“月夜”或“春、江、月、花和夜”，保留了对“月”这一主要意象的翻译。综合能搜集到的所有译题进行分析，“月”这一意象被保留的次数达15次，属5个意象之首；其次是“江”，被保留12次之多。德理文认为产生这种情况的原因是汉语的书面语是“表意”的语言，读文章，先见汉字，即先与视觉打交道，而后才是思维。而每个汉字都构成了一个形象。读者频繁地看到“江”和“月”的出现，只会强化对“江”和“月”的印象而不会产生倦怠，因为“江”和“月”本身就是诗歌的画面背景。程抱一非常认同德理文的这一观点，虽然“江”和“月”这两个意象早在张若虚之前就有人用以作诗，但张若虚是第一个将其成功循环使用，以构成意象闭环结构的诗人。在《春江花月夜》中，“江”和“月”并不是大自然中单纯存在的两个物体，由于诗作中如《玉阶怨》一般缺乏明确的主人公（主语），“江”和“月”就成了两个不容忽视的主体，而不再是客体了。

既然成为主体意象，必然存在主观能动性。“江”和“月”有着自身运动的规律，在全诗中仿佛具有自主意识，江水容纳一切，流经一切；而明月观察一切，照拂一切。两者之间并非孤立存在的关系，相反，在结构上，“江”和“月”彼此联系，密不可分。在全诗的开篇，江水托起明月；在收束全篇时，江水又包容明月；而在诗歌进行的过程中，明月始终悬于江上，照映江水。江水之流动，仿若宇宙之浩瀚，明月之起落，仿若生命之周期。在江水与明月之永恒中，诗歌抒发了对生与死的思考、对人世聚散的怅然，其中充满了对世事恒常与无常的困惑，进而提出了一系列发人深省的问题：生命从何处来，往何处去，怀何种目的，抱何种期待，古今生命有何不同，无常焉？恒久焉？变化焉？通过对“江”和“月”这两个充满了画面感的意象的反复吟诵，进入关涉玄学的哲理性思考，这在中国古诗中实在难得一见。而程抱一正是抓住“江”和“月”这两个主体性意象来进行历时性和共时性研究，敏锐剖析了诗歌的结构特色，将对《春江花月夜》的研究上升到了新的高度，令法国学界大为震撼。

总而言之，中国古诗的语言是一种由各种意象构成的、充满了象征主义意味的、具有诸多文化隐喻的诗性语言，非对文化有深入研究者不能诠释。这种诗性语言形成于我们文明的漫长岁月中，也凝结了中华民族的集体想象和美好希冀。要读懂唐诗，就必须深刻把握中华文明的文化精髓。程抱一的卓越之处正在于此，正是他首先破译了唐诗的语言结构，拆解意象，将唐诗中的“中国小像”展现在了好奇的法国人面前。

中国古典诗歌进入法国之后，历经三个世纪，仍然是法国学者乐此不疲的研究对象。无论是从社会民俗学，还是从结构主义视角，汉学家们始终没有放弃对中国诗歌的钻研。以上两例介绍的正是他们对中国诗歌不断探究后的研究成果，也侧面反映了法语世界在中国诗歌领域钻研的历史剪影。许多法国学者自称“偷诗者”，认为自己不能进行诗歌的创作，只是在译介中国的诗歌而已。事实上，我们可以大方地承认一句：不管是诗人，还是译者，又或是批评家，我们都是偷诗者。诗在文明进程中如木柴燃烧时爆裂的火星，一下子迸射出来，产生于我们每个人之中。诗歌是我们文明的回声，是我们情感的反映，更是我们灵魂的倒影。可以说，诗歌被我们从集体的智慧中偷取出来，从文明的最深处窃取出来，我们抓住了这一闪而过的灵光，遵从了我们内心深处的幻觉，诉诸笔端，于是才有了传唱的诗篇。在众文明的诗篇中，不得不承认中国古典诗歌是最难翻译的，一贯被视为“不可翻译”也“不可转移”之作。但幸运的是我们拥有那么多可贵的学者，他们孜孜不倦地将中国诗歌译介入法国，使中国诗作在如今的法国拥有了一大批读者、研究者，并在21世纪焕发了不灭的生机。

第五章

法国哲学研究中的中国小像

关于中国的“礼仪之争”问题，前后持续时间约有百年。百年之中，罗马教廷屡视孔子为“异端”，而耶稣会中的法国传教士为了捍卫在远东辛苦耕耘的一小片传教成果，竭尽全力向欧洲介绍孔子、传播儒学以正视听。一同被译介入欧的，还有中国的老庄思想、墨家思想、南宋理学派等各家思潮，但儒家学说始终占据着传播的主流地位。在此过程中，中国哲学思想得以传入欧洲，并给欧洲思想界带来了新的刺激，促使欧洲哲学向无神论进一步发展，并成为启蒙时代哲学思想的重要构成部分。要对17世纪后法国的哲学思想进行研究，挖掘其中的中国元素，可从以下几个方面进行阐述：其一，耶稣会士对中国孔儒思想的译介；其二，笛卡尔学派和莱布尼茨学派围绕宋儒理学对中国哲学思想的探讨；其三，法国重农学派思想受中国哲学思想的影响。以此，便可初步完成我们对法国哲学思想中中国小像的初步描绘工作。

第一，耶稣会士对中国孔儒思想的译介。“礼仪之争”大约分成两派，一派以罗马教廷为首，兼有多明我会，他们视孔子为异端；一派以耶稣会士为主，主张将基督教与中国哲学相调和，以求共存。当然，耶稣会中亦有龙华民等人对儒家学说持排斥态度。但是，大多数耶稣会士来华后都改易服饰，学说汉语，并对儒家哲学加以阐发。其对中国孔儒思想的译介主要包括强调孔儒思想优越说、孔儒与基督教一致说、天主即为经言上帝说。

首先来看孔儒思想优越说。耶稣会士们本身信奉上帝，但当他们进入中国，接触到中国的孔儒思想，就会立刻“忘记”孔子本身是一位无神论者，不自觉地在自己的信仰中渗入理性的力量，即开始通过译介中国孔儒经典文献来改造他们的神学。他们对孔子大加赞美，如参与了耶稣会的“四书”西译活动、被认为是将孔子介绍到西方第一人的殷铎泽（Prospero Intorcetta）曾经表示，孔子之道是理性的表现，他用自身的生活经验阐发世间正道，本身具备伟大的德行，毫无虚荣心和伪善。另一位法国传教士李明则在他的著作《中国现状新志》里认为理性普遍存在于孔子的哲学中，西方的塞涅卡也不能与之媲美。李明还明确提出孔子的德行可用来改造基督教：“孔子在古圣贤中所罕见的特质，即孔子的礼让和谦卑，被认为是理性训练所成之纯粹，这学者不如谓为领会神旨以改造新大陆的一人。”虽然后来《中国现状新志》被教廷列为禁书，李明等持孔儒思想优越说的耶稣会士们亦受禁饬，但代表着理性思想的中国孔儒学说已对欧洲当时的蒙昧主义提出了挑战。

其次来看孔儒与基督教一致说。这一学说诞生的根源仍在“礼仪之争”。这场争论使基督教，尤其是天主教内部爆发了激烈的矛盾，耶稣会士出于保护本宗的目的，频频发表介绍以孔儒学说为主的中国哲学相关专著与论文。今天看来，虽然将儒家等同于基督教纯属时代的产物，经不起实证的推敲，但在当时的进步意义不容忽视。利玛窦以儒家的“仁、义、礼、智、信”来阐明基督教义在前，殷铎泽利用《中庸》《论语》等书来宣传基督福音在后。间有艾儒略答辩耶稣受难一事说：“予读中邦史书，见成汤之祷于桑林也，剪发断爪，身婴白茅，以为牺牲。夫以皇皇天子，而匍匐以代牺牲，旁观者诚作何状？而汤竟忘其九五之尊者，其悯念斯民者挚也。”即为引用中国的《尚书》中关于成汤自我牺牲、为民祈祷一事来证明儒家思想与基督教的一致性。还有马若瑟，他译有《易经》《中庸》《庄子》《老子》等儒家经书，并另作《中国古书中基督教义之遗迹》（*Vestiges des principaux dogmes chrétiens tirés des anciens livres chinois avec reproduction des Textes chinois*），试图从中国儒家经典中寻找《圣经》的痕迹，虽略显可笑，但以当时“礼仪之争”的激烈情况来说，耶稣会士们提倡孔儒与基督教一致，足以证明当时的法国哲学思想受中国哲学思想影响之深。

最后来看天主即为经言上帝说。耶稣会士们在证明孔儒思想与基督教教义的一致性后，还引经据典，力图证明基督教的“天主”就是中国儒家经书中提到的“上帝”。利玛窦在《天主实义》（*Catechismus Sinious*）一书中说：“吾天主乃古经书所称上帝也。”[1]并举出若干例证明，如《中庸》祭祀上帝，孔子曰：“郊社之礼，所以事上帝也。”《周颂》赞美上帝：“执竞武王，无竞维烈。不显成康，上帝是皇。”又曰：“于皇来牟，将受厥明，明昭上帝，迄用康年。”《诗经·大雅》云：“维此文王，小心翼翼，昭事上帝，聿怀多福。”等等。此外，利类思（Ludovic Bugli）也在中国古籍中找到了基督教的天堂地狱说，还曾与南怀仁一起上书康熙皇帝为汤若望辩冤，力证天主即上帝。孙璋则极尽附会之事，曾记录了徐光启自辩基督教与儒学关系之事。其人问徐光启何故弃儒附耶，徐曰：“我信天主教，非弃儒教，只因中国古经失传，注解多舛，致为佛说所诬，信天主教乃所以辟佛教之谬说，补儒教之不足耳。”这段话足可见当时受洗后的中国士儒为天主教辩护之意，尤其是“补儒”二字，更说明了当时不但中国哲学思想借基督教为西方人所接受，而西方思想也借“补儒”之名开始潜移默化地影响中国人了。

第二，笛卡尔学派和莱布尼茨学派围绕宋儒理学对中国哲学思想的探

[1] 利玛窦，梅谦立．天主实义今注［M］．谭杰，校勘．北京：商务印书馆，2014：25.

讨。孔儒学说可分为两个历史发展阶段：其一，耶稣会士普遍将其等同于基督教的孔儒学说，即“真儒古教”；其二，南宋后期产生并逐渐流行的“注疏派”，即程朱理学，也称“宋儒理学”。来华传教士对这两派的态度完全不同，对于“真儒古教”思想，他们极力促使其与基督教和谐共处。但对于“宋儒理学”，则因其具有唯物主义的色彩而颇为抵触。比如，龙华民的《灵魂道体说》批评“宋儒理学”的道体说是一种“屈人伦于物类”的思想。艾儒略在《三山论学纪》中说：“太极之说总不外理、气二字，未尝言其为灵明知觉也。”卫方济（François Noël）批评“宋儒理学”维护者：“俗儒以生前身安，死后神散为归。”总而言之，耶稣会士普遍认为宋儒理学是讲究无神论的唯物主义，于是大都拥护孔儒，视其为原旨。当他们把中国的哲学思想带回欧洲时，意图在于借原旨孔学来维护基督教教义，却不想当时欧洲学界并不能准确区分两家之关系，于是在接受“真儒古教”时，同时一股脑地将“宋儒理学”也接受了。

笛卡尔学派被视为欧洲哲学时代理性主义的鼻祖。在其学派内部，又分为有神论派和无神论派，以及比较特殊的中立派。如马勒伯朗士（Nicolas de Malebranche）就在神性与理性之间左右摇摆。一方面，他被神学派斥责为背弃教义者；但另一方面，马勒伯朗士对中国哲学思想持有敌对态度，主张视中国哲学为无神论。作为笛卡尔学派的代表人物，马勒伯朗士在《关于神的存在及其本质：中国哲学者与基督教哲学者的对话》（*Entretien d'un philosophe chrétien avec un philosophe chinois sur l'existence et la nature de Dieu*）中辨析了中国“宋儒理学”中的“理”与基督教之“神”的不同。他认为，其一，中国人说的“理”，指的是最高的真理，是睿智与正义的代名词，是永久的法则，可用以引导人类行为，支配万物运行规律。其二，中国人认为这种代表睿智的“理”存在于物质之中，而基督教认为物质是由“神”创造的。故而神不能等同于它的创造物，也就是“神”不能等同于“理”。其三，中国人否认“理”的独立性，认为“理”不能脱离物质存在；而基督教认为“神”具有独立性，再次说明两者不能统一看待。其四，“理”是矛盾的，一方面中国人认为“理”是精神，另一方面又不承认它存在“灵明知觉”。最后，马勒伯朗士解释道，中国人认为“理”附着于物质，物死则“理”灭，其并不是如“神”一般的永恒存在体，于是推导结论为中国“宋儒理学”为无神论。

但是，笛卡尔学派的这一观点遭到了莱布尼茨学派的反对，尤其是莱布尼茨本人对中国的哲学持辩护态度。在“礼仪之争”的问题上，莱布尼茨坚定地站在了耶稣会一边，认为孔儒之“天”与基督教之“上帝”指代相同。后来，莱布尼茨又更进一步，为了驳斥龙华民的观点，指出宋儒之“理”也属基督教之“上帝”，也就是将“理”与“神”等同起来了。他的具体观点可总结如下：首先，“理”是“神”，或者是“法则”，但绝对不是物质。中国人赋予神形体，不认为精神（“理”）与物质可以分离，好比基督教认为天使也具有肉体一般，并不与基督教教义相悖。其次，“理”具备“灵明知觉”，之所以中国人对“理”的论述与有神论存在分歧，不过是教派内部之争罢了。最后，“理”和“神”一样，是万物的最高统一。莱布尼茨从中国的“一生二，二生三，三生万物”之理中得到了“一即一切，一切即一”的结论，认为“一”中存在神性，神即万有，万有在神。归而言之，莱布尼茨认为中国人崇拜“天”，于是天为神，以“理”支配一切，是以天之自然法则，又称之“天道”。中国人讲究顺应天命，其实是服从理性的行为，等同于服从上帝。而在上帝之下，中国人所谓之“鬼神”论，源自对自然山川的崇拜。而上帝无处不在，既存在于帝王祭天之中，亦存在于王公祭山川河流之中，正如学者崇拜博学者，民众尊重自己具有德行的先祖一般，各有敬重，其实都是上帝的化形。可见，莱布尼茨出于对中国的喜爱，一并将中国的文明理想化了。

法国重农学派受中国哲学思想的影响。重农学派的代表人物之一魁奈，自称为中国孔子学说在法国的继承者，并有“欧洲的孔子”（The confucius of Europe）之称。他靠路易十五的情人蓬皮杜夫人发迹，而这位夫人本身就是一位崇拜中国文化的女子。在蓬皮杜夫人的沙龙，魁奈结识了众多返法的耶稣会士，或许也与黄嘉略有所往来，于是得以有更多的机会与中国的哲学文化接触。对于孟德斯鸠和卢梭对中国风俗、法律与道德的恶评，魁奈曾进行过激烈辩论。比之魁奈，重农学派中杜尔哥对中国哲学的维护更为坚决。他在与伏尔泰的通信中曾陈述自己对孔子的尊崇，又委托高类思和杨德望两位中国留法青年学者调查关于中国社会制度的52条疑问。总之，法国重农学派和中国哲学思想之间关系匪浅早有公论，在李斯特（Friedrich List）的《经济学说史》中，对两者之间的关系亦有论述：“……重农学派以主权寄托于世袭的君主，因为它与封建制度下的土地所有权有关系；因为土地所有权系于继承，所以主权亦归世袭。中国君主可以说是重农学派思想的代表。中国帝王号天子，代表着自然秩序。每岁天子亲耕，以示尊农务本。实际人民治其事，天子只是顺着礼教无为垂拱而已。”[1]具体表现在重农学派对中国自然法的肯定、对租税法的效仿以及对重农政策的推行上。

关于中国的自然法，重农学派认为其可代替上帝的功能，并将其视为超

---

[1] 朱谦之. 中国哲学对欧洲的影响［M］. 上海：上海人民出版社，2005：304.

越社会现象的永恒法则。自然法带给人们更大的自然权利，而在这一过程中君主不应干涉。魁奈曾谏言当时还是皇太子的路易十六，希望他登基之后能够效仿中国的黄老自然，行所无事。事实证明，重农学派对中国先贤所谓的“道”持认同态度，将“道法自然”与其派学说相结合。关于租税法方面，重农学派认为应对土地税收实行单一税制，这种主张无疑受到了中国古代哲学思想的影响。尤其是《周礼》一书中的“均田贡赋”一说，魁奈尤其推崇。关于重农政策，重农学派历来反对重商主义，认为农业才是一切国家财富之本，对中国社会阶级“士农工商”划分法中“农在商前”的做法表示肯定。此外，魁奈还引用儒家所言“百姓足，君孰与不足？百姓不足，君孰与足”来佐证自己“农人穷困，则国家穷困；国家穷困，则国王亦贫”之论。由此可见重农学派与中国思想之间的关联之深了。

以上几点俱论17—19世纪法国哲学与中国哲学思想之间的关系，而20世纪以来法国学界对中国哲学思想的研究态度如何呢？20世纪以来，除儒学外，对诸子百家的研究也得到了长足发展。如汪德迈（Léon Vandermeersch）除了关心儒学思想发展史，著有《新汉文化圈》外，也侧重对法家思想的研究，于1962年发表了论文《法家的形成——古代中国特有的政治哲学形成研究》，其中通过研究中国在春秋战国时期的经济社会变化，来阐发商鞅、申不害、韩非等人的法家思想及对后世之影响。乐唯（Jean Lévy）著有《商君论》，以此论述商鞅所代表的法家思想对国家法治的启发作用，并讨论了法家对中国古代刑法的若干影响。葛兰言则将视线从《诗经》转向了对中国思想发展史的考察，著有《中国人的思想》。在葛兰言看来，儒家学说中显而易见的人文主义思想是整个中华文明的基础，这种具有强烈感染力的思想在漫长的岁月中逐渐向外渗透，浸染了整个亚洲文明。而程艾兰，一位华裔混血的法国女汉学家，长期以来从事关于中国思想的研究工作。在20世纪80年代再译了《论语》，并出版相关著作《汉代儒教研究：一种经典诠释传统的形成》。这本书糅合了语言学、历史学与政治学观点，从较新的视角阐发了中国古代哲学思想演进之规律。除此之外，在汉学家顾从义（Claude Larre）、贺碧来（Isabelle Robinet）、李克曼（Pierre Ryckmans）、吕敏（Marianne Bujard）和阿兰·阿罗（Alain Arrault）等人的努力下，《淮南子》《大学》《荀子》《中庸》等富含中国古代哲学思想精华的典籍被译介到了法国，并发表了一批研究董仲舒、刘劭、邵雍、程颢与程颐、朱熹等思想家的优秀论文。总而言之，20世纪关于中国思想史领域的论著、译著和论文的迅速发展及其取得的成就已经远超前三个世纪成果之和，这向我们证明法国汉学界对中国哲学的研究兴趣与日俱增，渐呈燎原之势。

但同样也需看到，20世纪以来，世界局势天翻地覆，法国哲学对中国哲学的认识既已不断更新，便不再甘心停留于解说阶段，而进入了化用与己用性阶段。我们也看到，中国哲学已从法国神学家、哲学家、经济学家的书桌上走下来，普遍地进入大众文化所更能接受的小说、诗歌等文艺创作中。接下来，我们将通过两例来继续挖掘中国古典哲学思想对法国哲学，尤其是20世纪后法国哲学思想的影响。第一例取自格诺（Raymond Queneau）的《青花》与《本道》，以此论证老庄思想在法国文学中的体现；第二例取自马尔罗（André Malraux）的《西方的诱惑》，借其中的哲学思辨对欧洲思想中心论与中国传统思想、文化典仪是否过时提出若干见解。以两例共证中法20世纪以来存在着共同的文化与道德危机，并试图为危机化解寻求哲学上的思考，以期完成对中国小像在哲学研究方面的进一步勾勒。

一　精神探寻中的“庄周梦蝶”
——格诺之《青花》与《本道》

格诺在其1956年出版的名作《理想图书馆》(*Pour une bibliothèque idéale*)中介绍了他最喜爱的99本著作，其中并无任何一本中国典籍，但我们却可以从他的其他小说创作中明显地感受到中国思想的影响。或许是因为中国的哲学思想过于内省，涉及太多内在精神层面的复杂问题，故而内秀的格诺认为不适合将其宣之于众，与人分享。

其实，格诺与中国的缘分自其少年时期就开始了。在他的故乡勒阿弗尔，格诺常常见到一些华人面孔，他们瘦削、枯槁，默默无闻地埋头苦干。后来格诺才知道，这些人是一战期间来法务工的华人，并将他们写进了自己的小说《寒冷的冬天》(*Un Rude hiver*)中。旁人告诉书中的主人公这群华人的身份，但又用滑稽的、带着几分讥诮的口吻说，这群中国人在笑，因为他们愚蠢，也因为他们不懂。格诺当时13岁，华工那种模糊的、局促的笑一直停留在他的记忆中，并在成年后突然涌上心头，强烈而复杂的情感推动他执笔去记录这种感受。中国人的这种形象所带给他的感觉，和他青少年时期读《论语》和《易经》所感受到的那种充满智慧的感觉完全不同。如果说13岁的他最早感受到了针对亚洲人的成见，那么青年之后的他则在认识中国文化的道路上迈开了脚步，并尝试抛开成见，真正去理解、认识中国的思想与文化。但由于仅凭兴趣而缺乏引导，格诺的认识常有许多错误之处，比如，他在日记中曾引用“道家说……”，并认为“道”是某位中国人的姓氏。但他对中国思想学习得越深入，他就越亲近中国。同样是在日记中，格诺把古希腊的哲学与中国古典哲学相提并论，并首次提到中国道家思想的怀疑论与古希腊哲学家皮浪（Pyrrhon）的怀疑主义之间的相似性。自此，格诺开始了对“生与死、梦与醒、是与非、真与假”的长达一生的关注。在读过《庄子》以后，格诺的怀疑论达到了顶点，并在书边留下了“言语的推理由此再难达到真理”的句子。

这种因中国哲学思想，尤其是道家思想而产生的对真理的长期困扰同样也被格诺诉诸笔端，并主要体现在他的两部作品中。一则是他1965年出版的小说《青花》（*Les Fleurs bleues*），另外一则是其1975年出版的诗集《本道》（*Morale élémentaire*）。我们将分而论之。

（一）果有言邪？其未尝有言邪？——《青花》

在《青花》一书的序中有这样一段话：“大家都知道一则著名的中国寓言：庄周梦蝶。然而难道不是蝴蝶做梦梦见自己成了庄周吗？同样，在这部小说中，究竟是铎日公爵梦为希德罗兰，还是后者梦为前者？”[1]的确，这个故事的主线与“庄周梦蝶”极为类似，故事的主人公处在一种双重交叉的叙事结构中。来自1264年的铎日公爵穿越到了1964年的希德罗兰身上，而希德罗兰在铎日公爵附身时，也穿越回了700年前。两者在睡梦之中互为对方，以至令人难以分辨究竟1264年是一个梦，还是1964年是一个梦。最后，两人竟然在1964年的一个似梦非梦、似醒非醒的情境中相遇了。

这种梦与醒之间的模糊世界，与格诺曾经引用的《庄子》中的一段话非常贴合：“……方其梦也，不知其梦也。梦之中又占其梦焉，觉而后知其梦

[1] QUENNEAU R. Les Fleurs bleues［M］.Paris: Gallimard, 1965 : 2.

也。且又大觉而后知此其大梦也……”可见道家的思想在格诺的《青花》中得到了诗意的宣泄与转化。而这部小说中两位主人公的身份，一位是高高在上的昔日贵族，一位是普通平凡的现代公民，他们在穿越的“梦”中互相交换身份地位，正如《列子》中主役反梦的故事。《列子》中记载：“周之尹氏大治产，其下趣役者侵晨昏而弗息。有老役夫……昔昔梦为国君，居人民之上，总一国之事……尹氏……夜亦昏惫而寐，昔昔梦为人仆，趋走作役，无不为也，数骂杖挞，无不至也。”两位主人公在梦境中交换了时代背景、社会地位、生活习惯和人际关系，而纷至沓来的事件令人眼花缭乱，应接不暇。在这种情况下，逻各斯被第一次消解了：因为长期做梦，已经分不清孰真孰假，旧的时间观念受到了挑战，线性发展的时间化为空间的碎片，于是事件的先后顺序也表现出无序性，历史亦失去了它的标志。

历史标志的缺失与时间的混乱是同时发生的。铎日公爵与希德罗兰先后或者同时处于好几个历史阶段，铎日才一出门，就穿越了七个世纪，坐在现代的酒吧里喝酒；在希德罗兰的视角里，一行教士出发参加 1545 年罗马教廷主持的脱利腾大公会议（Concile de Trente），回来时却说自己参加的是 1964 年的第二次梵蒂冈大公会议（Concile de Vatican Ⅱ）。他们或陷入了事件的当下，或心里突然明白这不过是早已发生的历史。这些交替出现的梦幻令人疲惫、不安、困惑，就像是一场蒙蒙的大雨：“大雨笼罩了一切，让人看不清是前行、后退还是停留原地。”❶

这种如雨雾般的模糊感也出现在《青花》中的人物对白上，而这一点正是中国道家思想所试图传达的：人们越是希望借助语言来表达思维，就越会

❶ QUENNEAU R. Les Fleurs bleues［M］.Paris: Gallimard, 1965 : 276.

使原本清晰的思维变得模糊而难以琢磨，以至于语言的努力全部化为徒劳。正如《庄子》中所说：“既使我与若辩矣，若胜我，我不若胜，若果是也？我果非也邪？我胜若，若不吾胜，我果是也？而果非也邪？其或是也？其或非也邪？其俱是也？其俱非也邪？我与若不能相知也。则人固受其黮暗，吾谁使正之？”在小说中，希德罗兰也是如此，似乎总是在有意破坏他与其他人之间的对话，采用一种反问的方式，以化解对话方原本试图抛出的言语主题，导致交谈根本无法发生。比如，当女管家问起他是否就是阿尔贝先生介绍过的公爵大人时，希德罗兰反问：“他对您说了什么，可以让我确认自己的身份？”女管家不明白希德罗兰在说什么，并觉得他不应该用一个问题来作为上一个问题的回答。而希德罗兰说：“阿尔贝先生让您来找谁？”女管家答：“又问我，您就不能先回答我的问题吗？”希德罗兰仿如做梦一般又问：“您的问题是什么来着？”于是女管家生气了：“您总是在问我问题！您难道除了提问就不会别的了吗？”[1]这段语言交流与我们刚才引用的《庄子》一段有异曲同工之处，均向读者展示了言语被消解后产生的模糊的、毫无意义的碎片，更揭示了语言的不稳定性：“其所言者特未定也。”于是，逻各斯发生了第二次消解。

格诺认为希德罗兰这个角色代表了中国的道家思想，或者说是他心中认为的道家思想。希德罗兰以“无为”作为自己的选择，远离喧嚣，因为他不属于1264年的那个世界，又或者因为这个世界对他来说不是“当下”，而是“历史”，所以他得以用一种超脱的心态无所事事，洒脱地漂游在复杂的人与事之中，自得其乐。于是，他也就显得与其他人格格不入，也无怪乎周围的

---

[1] QUENNEAU R. Les Fleurs bleues［M］.Paris: Gallimard, 1965 : 143-144.

人总觉得他疯了。在希德罗兰看来，他身边的传教士、女管家，包括另外一个世界的他本人铎日公爵，以及铎日公爵的那匹马都在喋喋不休、夸夸其谈中吹毛求疵，永远不知满足，却又无法解决任何问题，下不了任何结论。

如果说希德罗兰代表了中国道家智慧，在言语的辩论中静观无为，并在穿越回过去的岁月中讲究消隐和休憩，并耽于遐思；那么铎日公爵与他则形成了鲜明的对比。铎日公爵珍惜穿越的机会，显得汲汲营营，东奔西走，且务实好辩，他的一切行为举止都象征着西方文明所代表的进取精神。故事的最后，铎日公爵在大雨滂沱中回到了出发地，仿佛要将未理解之梦、未破解之真理奥义继续钻研下去。而希德罗兰不再沉醉于梦境，一如《列子》所言:“古之真人，其觉自忘，其寝不梦。”心灵于此获得了东方哲学式的最大满足。

总的来说,《青花》中人物角色在现实与梦境中不断切换，历史与时间变得模糊，言语的意义被拆解破碎。一切都在告诉我们，人类的言语距离到达人类的智慧还有很长的路要走。当西方的“逻各斯”中的逻辑与形而上学不再能作为思考的延伸后，格诺将视线投向东方，试图寻找一种更贴近真理与智慧的人生哲理与社会伦理，来完成人类智慧思维的终极思考。

（二）乾道变化，各证性命——《本道》

格诺的诗集《本道》与小说《青花》中对于西方逻各斯的探讨和质疑精神无疑是相通的。但诗歌本身属于象征的艺术，难免晦涩难解。尤其是《本道》，作为格诺的遗作，其中以前所未有的写作形式写成的诗篇更令人难以理解。全诗分三个部分，本节将试着逐一论之，以探寻其中借中国哲学对西方逻各斯主义提出的质疑与颠覆。

在《本道》的第一部分，一共有51首诗篇。格诺创造了一个新词“lipolexe”来定义其写作手法。当我们将他的诗歌加以拆解，就会发现其诗歌写作的规律性：诗歌由双联词结构构成，也就是由名词和形容词共同组合构成。诗歌中间间隔着意义绝不挂钩的诗节，有的三行，有的两行，非常简洁，每行诗不超过五个音节。格诺本人建议读者在诵读诗篇的时候播放一些带有中国风情的音乐，诗歌主背景音乐应该是笛声，间歇处配以锣声。如果这不足以说明诗篇与中国思想之间的关联性，我们还可以看到在格诺的手稿边页上有两个小小的汉字“乾”和“坤”，这两个来自中国的汉字明白无误地向世人昭告了《易经》是格诺《本道》的参考文献之一。当我们由此确定了这部诗集的东方渊源，便可以顺畅地提出若干符合逻辑的，能够对诗歌中的主题、诗歌的篇数以及诗歌字句排布规律进行解释的假设，从而在其中找到它与《易经》在表达宇宙观、传授占卜术、解答人生困惑等方面的精神相通之处。首先来看一个例子：

秘密的转轮　　隐藏的抽屉　　游走的机械
　　　　　　　伫立的燕雀
美好的前景　　磋磨的前途　　蹒跚的运气
　　　　　　　隐秘的前景
模糊的计算　　遥远的吹嘘　　无用的桌子
　　　　　　　散落的问题[1]

[1] QUENNEAU R. Morale élémentaire［M］.Paris: Gallimard, 1975 : 128.

由例诗可见，构成诗歌的句子本身形成了一种密码，需要读者辨读，又似乎是一种高度凝练的、带有肃穆之感的神谕。第一印象给人乱七八糟之感，但双联词结构昭示了符号的力量：意象与意象之间并列而立、相互应和，形成了独特的排版方式，于是产生了一种特别的视觉效果——其构成方式与中国古代的立碑多么相似，我们仿佛也看到了一块刻着铭文的石碑，在向读者传达某种密语。《易经》也正如是，乾坤八卦，变幻无穷，其中的密语同样需要读者来破译。在格诺的笔下，诗歌不靠文字来传递信息，同乌力波派（Oulipo, Ouvroir de littérature potentielle）的作者想表达的一样，图形也是诗歌信息传达的重要手段之一。《易经》中的八卦是图形，我们刚才举出的例证也是图形。图形似乎是某种神秘事物的预兆，但同时也表达了所暗含事物的某种隐秘结构。我们可以同时视图形为象征性和揭示性的共同体，从而对它们进行解码，了解作者的思想。

如果说诗集的第一部分主要描绘了自然界中的事物，那么第二部分主要关涉的则是格诺的个人活动，第三部分则主要讲述艺术创作与作者、读者之间的关系。这种诗歌的形式根本不容许我们对它进行逻辑分析。试举第二部分一节诗歌为例：

昨天的昨天	相遇的相遇	打湿的双手
	柏拉图的回音	
甜蜜的河流	宇宙的记忆	冲淡的咖啡
	我的花园	

手指的戒圈　　　　落下的月　　　　不记得的曾经[1]

从这一段来看，西方逻各斯中心主义在诗作中已彻底塌陷了。这些论述既不是完整的单元，也不构成断断续续的故事，更没有明显的逻辑性可言。但就每一个诗节来看，似乎又隐约涉及格诺的某些生平事件及模糊的细节。无论如何，其中蕴含的哲思只可意会不可言传，如中国《易经》哲学一样，只言片语中充斥着迷惑性的话语和费解的词汇。

《本道》的第三部分则采用了散文诗的形式来完成叙述。再试举一例：

猎人从森林中回来，渔夫从河边回来，农夫从田里回来，家庭主妇从市场里回来，艄公从对岸回来，骑师从赛马场回来，警察巡逻回来，药剂师从实验室回来，运动员从射击场回来，建筑师从工地回来，墓葬者从墓地回来。不曾从任何地方回来的一个人于是在不同的物质上刻下了一些符号，安排葬礼的人认出的是死者，建筑师认出的是房屋，射击运动员认出的是靶心，药剂师认出的是研钵，警察认出的是吊桥，骑手认出的是马匹，艄公看到的是渡船，家庭主妇看到的是蔬果和肉，农夫看到的是犁车，渔夫看到的是鱼，猎人看到的是猎物。所有人都惊立于这般如此的奇迹之前。[2]

熟悉中国哲学的人马上就可以从中看到道家思想的影子，这首散文诗无论是排比句式的运用，还是阐述的思想都与《列子·力命》中的“农赴时，

---

[1] QUENNEAU R. Morale élémentaire［M］.Paris: Gallimard, 1975 : 456.
[2] QUENNEAU R. Morale élémentaire［M］.Paris: Gallimard, 1975 : 519.

商趋利，工追术，仕逐势，势使然也；然农有水旱，商有得失，工有成败，仕有遇否，命使然也”相互照应。足可见《本道》对道家经典于思想和文体特点上的化用。格诺放弃了逻各斯，采用一种非理性的、带有东方神秘色彩的叙述方式表现作品中的诗意，以至我们不得不承认他的创作相较于其他法国诗人的独特性。

通读《本道》，我们就会发现它独特而新颖的格式与图画般对称的图形结构暗示了作者对万事万物、天地自然之间的见解。作者将联系事物与事物的逻各斯抽离出来，重新铺陈万物之间、万物与人之间、人与思维之间的关系，却又不对读者言明这种关系的精妙之所在，仅暗示读者在字里行间将其追寻。也就是说，脱离了逻各斯，我们看到的正是道家所信奉的“道”之自然在《本道》中的完美体现。

二　精神危机中的“西方诱惑”
——马尔罗之《西方的诱惑》

马尔罗的《西方的诱惑》曾经几易其名，从《中国人信札》(*Lettres chinoises*)到《一个中国人的信札》(*Lettres d'un Chinois*)，再到最后的定名《西方的诱惑》，可见他曾经从某种程度上对孟德斯鸠的《波斯人信札》的效仿。或从他将小说中一位人物取名为“王洛”，并对应了一个“为什么王洛没有救”的小标题中可以看到他对同时代法国作家尤瑟纳尔（Marguerite Yourcenar）的作品《东方故事集》(*Les Nouvelles orientales*)的致敬。因为在《东方故事集》中有一个富含深意的短篇故事就叫作《王洛是如何得救的》

（*Comment Wang-fô fut sauvé*）。无论如何，马尔罗对前辈作家的模仿显然是有意为之，正如这本小说的内涵一样，他似乎在制造一种关联性，这一关联不仅存在于文本与文本之间，而且存在于他所探讨的中西方文明之间。

《西方的诱惑》中的两位主人公，一位是来自中国的凌，另一位是法国人 A.D.，两人分别在对方的国家旅行，并互相以通信对话的形式来阐述自己对彼此国家的认识。通信的内容涉及中国与法国之间的文学思想、艺术思想、哲学思想、文化心理等各方面，并论及了 20 世纪初给中国传统文化与思想带来巨大冲击的历史事件，以及同时代关于欧洲精神危机的一些争论。小说的独特之处在于采用了外国人的观察视角来书写对本国文化的思考，也就是说，通过设置一个外部批评的方式，合理地拉开批判的距离，以此完成对以下两个具体问题的讨论：一是西方的“逻各斯”主义该不该被质疑，二是中国古代传统思想与文化典仪该不该被否认。

首先是关于西方的“逻各斯”主义该不该被质疑的问题。这个问题并非马尔罗的神来之笔，事实上，20 世纪上半叶的欧洲正经历着一场关于精神文化的深刻争论。其主要争执点在于以中国为代表的东方思想对西方社会在道德、文化和社会关系上的影响问题。实际上，随着世界逐步开放，中国的思想文化和思维模式得以广泛传播，由此为欧洲人，特别是陷入社会困境，备受世界大战困扰的法国人提供了一连串思想的“诱惑”。这种“诱惑”与随之而来的大量践行者使欧洲的“逻各斯”主义受到了强烈冲击。当然，诱惑之外也存在类似享利·马西斯（Henri Massis）的学者，发表了《捍卫西方》之类的著作，以此来论证中国思想对西方具有破坏性，不能作为效仿的榜样，因为中国哲学会导致人的个性的最终消解。马尔罗就享利·马西斯的观点，在小说中以中国人凌先生之口作出了若干回应。

凌认为欧洲“逻各斯”主义试图用理性去征服一切的做法是制造混乱的根源。在第二封信中，凌就表达了自己的这一观点，认为“逻各斯”从来不观察生活，而是自从笛卡尔的“方法论”开始，就根据一个个有限“目标”的完成来封闭事物向其他方向发展的可能性，并把它认为不应选择之物，也就是理性之外之物的存在化为虚无。“逻各斯”的坚韧之处在于总是希望以个人的力量来衡量世界的尺度，在新大陆发现时期这一点屡试不爽。然而，当20世纪地理距离随着时代的发展而逐渐缩小后，世界越来越不受西方控制，世界逐渐出现了更多的分支，更多的可能性。欧洲人也发现在“欧洲中心”之外，还有更多的“中心”，越想维护旧秩序，就越是制造出更多的混乱与麻烦。将现实问题简化为单纯的因果关系，将定义和分类推而广之却忘记对事物特殊性的把握，这导致了受“逻各斯”桎梏的西方精神文明大厦的进一步混乱。

凌认为欧洲的“逻各斯”主义忽视了自然的和谐。凌在第四、五、九封信中简述了自己参观卢浮宫以及罗马建筑后的窒息感，他认为西方的“逻各斯”在西方的绘画与建筑艺术中表露无遗。欧洲的绘画和建筑只关注人类，而忽略自然中其他生命的力量。这导致画作呈现出来的永远是人类眼中的那个自然界，建筑中表现的全是人类与自然格格不入的痕迹。与之相反的是中国哲学思想，其伟大与恒久之处在于对外部世界，也就是自然界的关注。西方希望以人的标准来衡量自然、挑战自然，进而征服自然。而中国传统哲学考虑的是“物我两忘”，即“我”在自然中如何，自然于“我”又如何。这一点表现在艺术上，就是中国的绘画作品更看重线条的流畅，画作是否传神不在于“形似”，而在于“神似”。

凌认为欧洲“逻各斯”主义控制了人们的精神。在第六、七封信中，凌指出了基督教中“原罪”的概念长期以来控制着欧洲人的精神。而人究竟是否有“原罪”这一点恰是“逻各斯”的诡辩之处。《圣经》以强大的逻辑性确立了原罪的存在，也就确立了今世赎罪的合法性。而基督教徒默认了原罪的逻辑性，于是也从古代教义的精神痛苦与灵魂焦虑中袭承了紧张不安的情绪。

凌在他致 A.D. 的信中猛烈抨击了西方文明，西方的理性权威、艺术与自然界及现实世界的关系、西方的奋斗意识和价值观等都因“逻各斯”被挑战而动摇了根基。同时，凌也对西方正经历的诱惑做了总结：“新欧洲人的精神生活历史是以强烈程度不同的情感逐渐驱逐理性的过程。我看到所有这些人努力维持着这样一种人的存在，他能够克服理性思维，继续生活下去，而他在现实生活中的世界一天比一天更加令人陌生，这可能就是我从西方带走的最后一个印象。”❶

再来看中国古代传统思想与文化典仪该不该被否认的问题。这一问题，实际上是小说中法国人 A.D. 对凌的来信的反驳。在 A.D. 的反驳展开之前，马尔罗借 A.D. 之眼进行了对当时东方背景的论述。

小说中关于东方背景介绍的部分并不是以信件的形式完成的，而是在开篇处以 A.D. 视角完成的一篇独立文章。文章中充满一连串视觉上和心理上的幻象，以此来交代当时的东方背景。故事发生在 A.D. 前往中国旅行乘坐的那艘名为“香堡”的游船上，A.D. 在甲板上眺望，随着海水的摇荡，眼前的海水仿佛化作了辽阔的亚洲平原，于是一系列代表中国文化的意象如走马灯一般在 A.D. 眼前轮转。A.D. 首先看到的是北方的中国皇帝，他端坐紫禁城的

---

❶ MALRAUX A. La Tentation de l’Occident [M]. Paris : Grasset, 1926 : 217.

宝座上，伸出手指仿佛在抚摸属于他的大陆，然而这位帝王已垂垂老矣，头上戴着罂粟花环，周身也缭绕着鸦片的烟雾。在皇帝的身后，A.D. 看到前代王朝更多已故的皇帝们的影子，有文武双全的唐代帝王，也有孱弱的宋代君主。而朝堂之上，诸子百家的争论声喋喋不休，朝堂之外，在北方大帐之中溘然长逝的将军们的坟墓孤孤零零。在 A.D. 看到这一切时，背景音乐一直是一种悲凉的歌声。于是 A.D. 发出感叹："在这古代文明征服世界的隐约激情中，我是否只能找寻到残存的遗迹？"❶

通过马尔罗的这一段描述，19 世纪末 20 世纪初的中国面貌得以展现在世人面前，鸦片战争之后，中国皇帝千年的威仪和辉煌都已不再。这个古老的文明曾经有闪耀全人类思想的百家学说，也有足够征服世界的铮铮铁蹄，而一切都已经结束了。在社会方面，溥仪退位、中华民国为袁世凯所窃，随即而来的是军阀混战、民不聊生；在思想方面，五四运动不但对巴黎和会上的不平等条约表示抗议，也把儒家思想作为过时了的迷信一起打倒，新文化运动蓬勃开展，新的思想正不断在这片大陆上涌现。

关于中国背景的阐述，实际上是通过三个或隐或显的画面完成的。其一，即 A.D. 登上游船，前往中国的画面。这个画面象征着中国闭关锁国的状态结束，而欧洲人，不管是别具好奇还是怀有歹意，纷纷前往这片古老的大陆进行探索。其二，即小说中以文字形式直接向读者铺陈的这个画面，包括了紫禁城、皇帝、后妃、文武百官、佛道宝塔、草原、山野精怪、贩夫走卒等意象。作者的描述中充满了诗意，象征着西方人对中国固化的他者印象。其三，即近代中国思想风云变幻的画面，既象征着西方思想的登堂入室，也

---

❶ MALRAUX A. La Tentation de l'Occident［M］. Paris : Grasset, 1926 : 63.

意味着本国传统思想与文化的摇摇欲坠。

在这种背景下，A.D. 认为以儒家思想为代表的中国传统文化已然到了分崩离析的时刻，并在给凌的信件中以一位中国文人王洛的境遇为例对中国古代传统思想和文化典仪加以否定。这种否定比之凌在信件中直接批判西方的“逻各斯”要更迂回，它通过王洛的真实讲述、A.D. 的转述来完成，表现了中国传统思想在西方文明的冲击下表现出的衰落。王洛越是捍卫中国的儒道经典、传统伦常、生活方式，就越显得底气不足，不足以信。A.D. 第一次见到王洛，是在上海国际饭店的一间“英式客房”，别具讽刺意味之处正在于此：王洛身在国土，却仿似过客。

在艺术思想方面，王洛的表现和凌一样，将中国传统绘画视为意义美与形式美的完美统一。因为最美的绘画并不模仿，也不再现，而是揭示意义[1]。中国艺术具备的动感之美是在西方文化中无处觅迹的，一个个艺术符号所蕴含的意义还需与运笔的姿态和下笔的顺序相结合才能涌现。于是，王洛将正在消失的儒家文化定义为兼具“智慧”和“优雅”的美的化身。对于这种美的消失，王洛固执地将原因归咎到强行进入中国的西方文化上，并略带嘲讽地对 A.D. 说不如以英法联军洗劫北京的日子为中国的国庆节。

在精神文明方面，王洛则更加悲观，认为中国人的精神已经日渐薄弱。但王洛又忍不住再次借机对西方的“逻各斯”加以嘲讽：“欧洲以为已经征服了所有穿上西装的中国人。其实，他们是憎恨欧洲的。他们期待从它身上得到人们所说的‘长技’，也就是可以抵御欧洲的方法。”[2] 王洛也承认欧洲没有

---

[1] MALRAUX A. La Tentation de l’Occident［M］. Paris : Grasset, 1926 : 54.

[2] MALRAUX A. La Tentation de l’Occident［M］. Paris : Grasset, 1926 : 55.

吸引中国人，只是影响了中国人的思维方式。但越是了解西方的“逻各斯”，就越是感觉到“逻各斯”的虚无。

总的来说，A.D. 和凌是在互相指责，通过信件的方式批判对方的文明。凌强调：“我们永远也不可能让我们这个不确定和追求无限的世界去符合你们那个抽象概念的世界。”❶ 而 A.D. 也承认：“我们以一种平静的悲哀意识到我们的行为和精神生活存在一种对立面。”❷ 也就是说，在认识到西方文化与东方文化之间的根本差异后，凌和 A.D. 都承认了自身文明存在的危机，且不认为两种文明之间存在调和的可能性。在哲学思想上，虽然彼此都陷入了时代的迷茫，却在拒绝回归过去一事上表现出了惊人的一致性。

通过梳理中国哲学思想从 17—20 世纪为法国人所接受并研究的脉络，并举以中国哲学思想化用于法国文学的两个小例后，在这一章的末尾，我们不由得产生了一个新的困惑：法国对中国哲学的研究是否真的存在。因为我们通篇讨论的，是中国人的“思维方式”，是“意识”，是“文化习惯”，但都并非真正意义上的哲学。尽管从冯友兰的《中国哲学史》开始，我们不断地在世界哲学之林寻找着自己的位置，然而，正如希腊哲学与哲学理论存在着差异性一样，中国思想对逻辑也似乎天然地不感兴趣。这也是为什么西方哲学发展出了“逻各斯”而中国哲学始终停留在“得意忘形、欲辩忘言”上。与其将这里的中国哲学称为“哲学”，倒不如说是“思想史”“宗教史”或者“文化发展史”更为贴切。

但是，我们并非对中国哲学的存在持否定态度。事实上，我们想要讨论

---

❶ MALRAUX A. La Tentation de l’Occident [M]. Paris : Grasset, 1926 : 57.

❷ MALRAUX A. La Tentation de l’Occident [M]. Paris : Grasset, 1926 : 63.

的是中国哲学的本质问题。借法国人的研究，我们看到，应该通过中国文化来寻求可以从哲学上加以利用的东西。哲学的意义应该向语言学之外放射，就像葛兰言从社会民俗学角度展开对中国思想文化的研究，中国哲学也应该脱离史学、文学、美学等传统学科的监护，不再借鉴来自西方的传统模式，成为一门彻底独立的学科，就如同思想中的一片全新视野一样。

结　语

党的二十大报告指出，要加快构建中国话语和中国叙事体系，讲好中国故事、传播好中国声音，展现可信、可爱、可敬的中国形象。作为学法语的新文科人，顺应党的号召是应有之义。在中国形象的对外传播问题上，我们首先关注到的是法国文学中的中国形象问题。中国如何被法国文学所发现？在发现中国后，法国文学对中国的研究大致可分为介绍性、文学性和己用性三个阶段。而中国的形象在这三个阶段又有何具体的表现？带着这些问题，本书完成了在戏剧、小说、诗歌和哲学四个板块对中国形象的梳理与归纳。在这四种文学模式中，中国的形象虽然相对每个板块独立，却总能找到其内部的通约性，形象与形象之间融会交织，富含的意义经久不绝，令人回味，为法国文学的向前发展注入了新的活力与生机。

回顾中国形象在法国传播的历史线索，知其大致开始于 16 世纪耶稣会士在华传教时期。耶稣会士们将对中国的见闻与相关研究辑录成文，遣回法国，得以广泛传播，反响强烈，对 18 世纪的启蒙思想影响颇深。然而靡不有初，鲜克有终，一场“礼仪之争”中断了中法两国的思想文化交流。在近百年的交流空窗期中，法国对中国的认识要多亏早期汉学家们孜孜不倦的努力，皓首穷经，今天我们才能看到 18—19 世纪上半叶产出了那样多的关于中国的论著。随着 1840 年的炮火，中国被迫再度打开了国门，新的形象如同插上翅膀，飞也似的进入了学者们的研究视野。就连普通的法国民众也能随口谈论几句中国人的形象与生活。在这一时期，在 18 世纪曾被称为“政治乌托邦”的中国，逐渐褪下了它神秘的面纱，传统的政治体系、儒家思想主导的社会生活以及主要文献典籍、文化作品被转译为西文，附带着当时中国孱弱的形象，一同进入了法国人的集体意识，持续而长远地影响着法国对中国的“他者”印象。无论20世纪的中国如何改变，社会动荡如何激烈，如何试图将自己融入欧洲的“现代性”中，传统的中国形象都仿佛在法国文学中扎了根，变成了一种刻板印象。

从洋务运动和五四运动的呼号开始，中国人对西方思想、技术、文化等从以前的被动吸收，转向了主动学习。从此，中国不再单纯地向外展示中国文化，而开始对外部世界、外部文化和思想做出回应，发出属于自己的声音。抗日战争结束后，中国第一次以“红色中国”的形象进入了法国学者的研究案头。在1949年后，作为第一个与中国建交的西方国家，法国对中国社会主义政治制度带有朴实的好奇与好感。20世纪90年代后，一个崭新的“现代化”中国的形象在法国人心中树立起来。这个“现代化”，绝不仅是思想上的现代化，更体现在国内经济与对外贸易的现代化发展上。在党的二十大后，中国开始重新审视自身文化传统，逐步打造文化的“世界性”，越来越多的中国学者已经熟悉西方话语模式，能够正确认识以法国为首的西方国家在意识形态立场和文化上的政治偏见，已然具备了投身于将中华优秀传统文化传播出去的历史使命之意识，更能够运用英、法、德、日、西等外语与西方学者进行普遍而广泛的文化交流活动，雄心壮志地准备在文化传播的时代命题上大干一场。

无论时代如何变迁，或许与其民族根深蒂固的浪漫性与思辨性相关，法国对中国形象的认识始终通过两个板块来完成：一则是思想，另一则是文学。

从思想性来看，自从发现中国以来，法国人就没有放弃过对中国思想的研究，并将孔儒之道视为中国思想的精髓。中国古代典籍被视为“载道”之书。虽然对“道”的看法自始至终未能在法国学界得到统一，但“道”与“智慧”之间的联系却从未被人否认。这种智慧在儒家学说中表现为仁者爱人，克己复礼；在道家表现为如何妥善处理人与自然之间的关系；在法家表现为依法治国；在墨家表现为兼爱非攻。遗憾的是中国的“智慧”曾被法国误读，一来被等同于基督教义，二来被视为神秘主义。随着21世纪中国“智慧”随着中国形象不断对外传播，这种情况在今天得到了毋庸置疑的改善。

从文学性来看，从伏尔泰开始，法国文学作品就试图将中国元素加以融入，以完成对艺术的至臻表达。这些带有中国元素的法国文学作品被广泛阅读，并不断向读者展示着中国文化的独特魅力与美学欣赏价值。在法国的小说和戏剧领域，在本书所选取的几个文学小例中，它们所设定的空间背景、表现的故事情节、展现的人物形象，甚至是东方化的叙述方式都广泛地贴有中国的标签，其中的中国意象为法国人所熟悉，经久不灭。可以说，由整体知识背景带来的中国气息赋予了这类法国文学作品真正的厚度。而在法国的诗歌领域，对中国文学的化用与再创作之例不胜枚举。格式上的模仿、音律上的尝试，都可算作法国后来兴起的“自由化”诗歌运动的前奏。为避免落入窠臼，本书未对这些仿作中的中国元素进行过多的分析，而是将研究视角转向了法国对中国诗歌的研究，以此推论中国诗歌的海外辐射程度。

法国人在阅读由他们自己人创作的，其中富含中国元素的法文小说、诗歌和戏剧作品时畅通无阻，哪怕是之前对中国文化毫无接触者，也可以从这些作品中辨认出中国的影像。但如果要阅读更深层次的，对中国文化与思想带有研究性的著作，则需要提前做一些关于中国的功课。在这方面的上乘之作当属葛兰言、谢阁兰、戴密微、程抱一、程艾兰、雷威安、贺贝来等人的学术专著。无论中国人还是法国人，如果有幸读到这些作品，那么对中国思想与法国思想之间的关系，以及中国思想在法国的研究史就会得到新的理解，对中国展现在西方的形象也会得到更加完整的认识。

总的来说，中国儒道典籍首先被译介入法，随即是中国的通俗小说、古代诗篇和传统戏剧，接下来被接受的是中华民族灵魂深处的某些闪光的碎片，这些碎片以译著和专著的形式经由一些在法国发行量极大的系列丛书得以与当代的法国人见面。这些曾经发生过、传唱过的故事自然会一代代地传承下去，然而，我国在共建“一带一路”和构建人类命运共同体的伟大事业进程中也会不断涌现新的故事，形成许多新的中国形象；我国与世界各国交往交流的途径和渠道也将进一步拓展，形成新的交流与交锋，甚至冲突与对抗的话语也可能出现。世事变幻，风云不息，我们一定可以从未来的法国文学中发现更多的中国小像，也可以通过中国文化与思想的不断对外传播而持续更新中国的形象。当时间与空间被进一步缩短，当更新与接受无缝衔接，至此，我们才可以说：中法之间所有的交流方式都已开启，文明与文明之间再无遮蔽可言。

湖南工商大学外国语学院

宋洁

2024 年 6 月